기획의 말

그리운 마음일 때 'I Miss You'라고 하는 것은 '내게서 당신이 빠져 있기(miss) 때문에 나는 충분한 존재가 될 수 없다'는 뜻이라는 게 소설가 쓰시마 유코의 아름다운 해석이다. 현재의 세계에는 틀림없이 결여가 있어서 우리는 언제나 무언가를 그리워한다. 한때 우리를 벅차게 했으나 이제는 읽을 수 없게 된 옛날의 시집을 되살리는 작업 또한 그 그리움의 일이다. 어떤 시집이 빠져 있는 한, 우리의 시는 충분해질 수 없다.

더 나아가 옛 시집을 복간하는 일은 한국 시문학사의 역동성이 드러나는 장을 여는 일이 될 수도 있다. 하나의 새로운 예술작품이 창조될 때 일어나는 일은 과거에 있었던 모든 예술작품에도 동시에 일어난다는 것이 시인 엘리엇의 오래된 말이다. 과거가 이룩해놓은 질서는 현재의 성취에 영향받아 다시 배치된다는 것이다. 우리는 현재의 빛에 의지해 어떤 과거를 선택할 것인가. 그렇게 시사(詩史)는 되돌아보며 전진한다.

이 일들을 문학동네는 이미 한 적이 있다. 1996년 11월 황동규, 마종기, 강은교의 청년기 시집들을 복간하며 '포에지 2000' 시리즈가 시작됐다. "생이 덧없고 힘겨울 때 이따금 가슴으로 암송했던 시들, 이미 절판되어 오래된 명성으로만 만날 수 있었던 시들, 동시대를 대표하는 시인들의 젊은 날의 아름다운 연가(戀歌)가 여기 되살아납니다." 당시로서는 드물고 귀했던 그 일을 우리는 이제 다시 시작해보려 한다.

기획의 말

그리운 마음일 때 'I Miss You'라고 하는 것은 '내게서 당신이 빠져 있기(miss) 때문에 나는 충분한 존재가 될 수 없다'는 뜻이라는 게 소설가 쓰시마 유코의 아름다운 해석이다. 현재의 세계에는 틀림없이 결여가 있어서 우리는 언제나 무언가를 그리워한다. 한때 우리를 매혹시켰으나 이제는 읽을 수 없게 된 옛날의 시집을 되살리는 작업 또한 그 그리움의 일이다. 어떤 시집이 빠져 있는 한, 우리의 시는 충분해질 수 없다.

더 나아가 옛 시집을 복간하는 일은 한국 시문학사의 역동성이 드러나는 장을 여는 일이 될 수도 있다. 하나의 새로운 예술작품이 창조될 때 일어나는 일은 과거에 있었던 모든 예술작품에도 동시에 일어난다는 것이 시인 엘리엇의 오래된 말이다. 과거가 이룩해놓은 질서는 현재의 성취에 영향받아 다시 배치된다는 것이다. 우리는 현재의 빛에 의지해 어떤 과거를 선택할 것인가. 그렇게 시사(詩史)는 되돌아보며 전진한다.

이 일들을 문학동네는 이미 한 적이 있다. 1996년 11월 황동규, 마종기, 강은교의 청년기 시집들을 복간하며 '포에지 2000' 시리즈가 시작됐다. "생이 덧없고 헐거울 때 이따금 가슴으로 암송했던 시들, 이미 절판되어 오래된 명성으로만 만날 수 있었던 시들, 동시대를 대표하는 시인들의 젊은 날의 아름다운 연가(戀歌)가 여기 되살아납니다." 당시로서는 드물고 귀했던 그 일을 우리는 이제 다시 시작해보려 한다.

햇빛사냥

문학동네포에지 050

장석주 시집

햇빛사냥

시인의 말 1
—『햇빛사냥』에 부쳐

시는 하나의 존재 양식, 은유적 몽상, 자기 확인, 존재가 적나라하게 현현하는 공간, 자기 삶의 객관화 작업, 초월, 일종의 꿈, 끝끝내 논리적 해명을 거부하는 구석으로 남기를 원하는 불립문자, 추억이 사는 사원, 암호, 신화의 모태이다.

1975년은 아주 스산했다. 세계는 거대한 의문의 덩어리 그 자체였고, 나는 生의 궁극적인 점에 대한 회의의 병을 깊이 앓았다. 감당하지도 못할 파토스적 고뇌를 안고 쩔쩔맸다. 나는 상처받은 영혼이었다. 이 시집을 관류하는 스산하고 어둡고 절망적인 분위기는 그러한 내 정신의 사정과 관련이 있다. 나의 경우 시를 쓴다는 것, 혹은 시집을 낸다는 것은 삶을 객관화시켜 보고 싶은 은밀한 욕망의 한 표현이다. 이 시집을 내 젊은 날의 쓰라렸던 정신의 편력과 모험으로 읽어주셨으면 한다. 지난 1978년도 아주 스산했다. 그러나 좀더 밝은 날들에 대한 희망은 포기할 수 없다.

1979년 4월
장석주

시인의 말 2
—『완전주의자의 꿈』에 부쳐

지금은 어린 나의 두 아들 청하, 준하 형제에게

너희들이 성장하여 인간과 세계에 대한 더욱 전체적이며 포괄적인 '이해의 틀'을 갖고자 고뇌하기 시작할 때, 너희들의 젊은 아버지가 이 대지 위에 어떤 生을 건축하고자 주어진 조건들과 싸웠는가, 또 짧고 짐승스러우며 비천하기 이를 데 없는 이 일회적인 生으로 무엇을 극복하고자 애썼는가를 하나의 '참조의 틀'로 보여주고 싶다. 아울러 '전체성'이 파괴된 세계 속에서 유토피아적 전망을 포기할 수 없었던 한 완전주의자가 어떻게 그 균열과 파괴를 딛고 일어서서 세계와 자아, 현실과 전망 사이의 대립과 갈등을 넘어서려고 했는가, 그 외로운 혼의 열망과 지향의 고통스러운 궤적에 대한 너희들의 넓고 깊은 이해를 기대하고 싶다.

1981년 여름
장석주

개정판 시인의 말

복간본 시집 『햇빛사냥』은 첫 시집 『햇빛사냥』과 두번째 시집 『완전주의자의 꿈』을 합본한 것이다. 자구(字句) 첨삭을 조금 하고 납득이 안 되는 몇 편은 뺐다. 옛 시집을 다시 읽으니 풋감을 깨문 듯 입안이 떨떠름하다. 현실 인식은 성기고 슬픔의 상상력은 얕은데, 방황을 노래하는 목소리는 지나치게 씩씩하지 않은가! 체급 차이가 큰 선수와 맞붙은 복싱 경기를 보는 듯 우스꽝스럽다. 시에 애처로움 한줌이 얹히긴 했다만 풋, 하고 웃음이 터지는 대목이 없지는 않다. 아직 젊었던 내게 생활 현실은 엄혹하고 덩치가 커서 버거운데, 나는 어설프고 주먹엔 힘이 실리지 않았다. 내 주먹은 번번이 허공을 가르고, 생활 현실이 내지르는 주먹은 내 급소를 정확하게 타격했다. 자주 숨이 막히고 정신은 혼미해져 비틀거렸다. 그래도 쓰러지지 않고 살아남아 여기까지 왔으니, 천만다행이다. 휴, 하고 안도의 숨을 내쉰다.

2022년 6월
장석주

차례

2부 완전주의자의 꿈

1부 햇빛사냥

햇빛사냥

애인은 겨울 벌판을 헤매고
지쳐서 바다보다 깊은 잠을 허락했다.
어두운 삼십 주야를 폭설이 내리고
하늘은 비극적으로 기울어졌다.
다시 일어나다오, 뿌리 깊은 눈썹의
어지러운 꿈을 버리고, 폭설에
덮여 오, 전신을 하얗게 지우며 사라지는 길 위로
돌아와다오, 밤눈 내리는 세상은
너무나도 오래되어서 무너질 것 같다.
우리가 어둠 속에 집을 세우고
심장으로 그 집을 밝힌다 해도
무섭게 우는 피는 달랠 수 없다.
가자 애인이여, 햇빛사냥을
일어나 보이지 않는 덫들을 찢으며
죽음보다 깊은 강을 건너서 가자.
모든 싸움의 끝인 벌판으로.

가을병(病)

아우는 하릴없이 핏발 선 눈으로
거리를 떠돌았다. 누이는
몸 버리고 돌아와 구석에서 소리 없이 울었다.
오, 아버지는 어둠 속에
헛기침 두어 개를 감추며 서 계셨다.

나는 저문 바다를 적막히 떠돌았다.
검은 파도는 섬 기슭을 울며 울며
휘돌아 사납게 흰 이빨을 세우고
물어뜯어도 물어뜯어도 절망은 단단했다.

너무 오래되어서 낡은 이 세상
가을 해 떨어져 저문 날의 바람 속으로
마른 들풀 한 잎이 지고 어둠이 오고
나는 얼굴 가득히 범람하는 속울음 참았다.

살 비비며 살아온 정든 공기와
친밀했던 집 안팎 구석구석의 생김생김
아우와 누이와 아버지가
작은 불빛 몇 개로 떠올라
바람에 하염없이 쓸리는 것을 보았다.

오, 그때 세상에는 좁혀지지 않는 거리가 있다는 걸 알았다.

가을 저문 바다의 섬과 섬 사이
그 사이를 채우고 있는 것은
어둠과 바람과 파도뿐임을 알았다.

쓸쓸한 바다 저녁 여덟시

마취 거즈에 코를 묻고 혼수상태에 빠져버린 저녁 바다
하루의 생업을 매듭하고 돌아와 어둠으로 지워지는 몇 척의 배.

이 해안 도시의 모든 나지막한 창틀에 꽃보다 밝은 저녁불이 밝아오고
나만 홀로 어두웠다.

금빛 나는 기쁨으로 차고 맑은 물살을 가르며 쏜살같이 내닫는 은어떼여
시간의 아름다운 달려감이여

쓸쓸한 바다 저녁 여덟시
한 남자가 잎사귀를 떼어버리고 서 있다.

시월

젊은 날의 결별은 서러워라.
밤새도록 울음으로 몸을 떨다가
다시 걸어보는 쓸쓸한 온천의 마을.
서걱이는 바람에 마을의 등불들은 야윈다.
어딜까, 내가 등 보이며
몸을 숨겨 떠나려는 곳은.
괴로워하지 말라, 말라, 풀섶에서
풀벌레들이 속삭이는 소리를 듣는다,
분별의 귀를 세우고.

돌아갈 때 돌아가는 것은
찬바람에 빈 가지를 남기는 잎사귀뿐만이 아니다.
우리도 더 낮고 아늑한 잠을 찾아서
이 지상 어딜 말없이 헤매며 찾아가야 한다.

만월의 달빛에 야윈 등을 드러내는
가을 산마다 골마다
은어떼로 솟구치는 물소리, 물소리들.
한때의 격렬한 목마름이여
한때의 캄캄한 혼란이여
한때의 슬픔이여

끝내 나는 잠이 오지 않았다.

아이들을 위하여

쥐떼가 맹렬하다.
죽은 짐승의 몸에 달라붙는
저 탐욕의 단단한 이빨
밤의 신경막은 현저히 부서지고
캄캄한 정신의 들판에 쌓아놓은
잠을 갉아먹는 쥐떼만 어지럽다.

풀잎들이 나부끼는 바다에서
불꽃을 쥐고 탄생하는 아이들아
밤은 깊다.
그때 불꽃은 냉엄하게 순간만 빛내고
너희들 조그만 손은
밤이 피운 꽃이다.
아, 예쁜 불의 꽃.

호전적인 쥐떼가 질주한다.
어둠 속에 웅크리고 잠든
세계에는 아직 지켜야 할 것이 있고
밤은 쉽게 물러서지 않는다.
아이들아 불꽃의 아이들아
밤을 향하여 달리는 쥐떼를 쫓아서 뛰어라.
아이들아 너희에게 번쩍이는 고통을 주겠다.

아내의 잠

세계는 고요히 잠들어 있다.
밤마다 눈 내리는 아내의 나라로 떠난다.
내 손끝이 닿으면 바다는 돌아눕는다.
아궁이마다 찬란한 금빛 화염이 펄럭거린다.
풍요의 밭에는 캐내지 않은 싱싱한 감자들이 묻혀 있다.
간접조명을 받으며 떠오르는 흰 바다.
매몰된 꿈을 채굴하는 금빛의 손.
이윽고 어떤 불빛들이 하나씩 꺼지고
미지의 바다를 떠도는 좌초된 꿈의 선박들이
안개 속에서 희미하게 지워지고 있다.

손은 지는 꽃잎을 받을 수 없고

감어. 눈을 감어.

생명 있는 것들이 낙조처럼 따뜻하게 젖어 있다. 속마음 아파 눈을 감어.

눈뜨는 걸 알고 있니?

자작나무 숲 위로 찬물에 씻긴 별이 눈뜨는 걸 알아?

땅은 식어. 얼음처럼 차갑게.

손도 식어서 지는 꽃잎을 받을 수 없어.

길도 울어. 지상에 그물처럼 뻗어 있던 길들이 일어서서 울어.

나무도 울어. 식은 피를 버리고 일제히 도망가지 못해 울어.

나는 늙은 해바라기처럼 붙박여 서서 마른 잎사귀만 떨구고

내 슬픔도 늦은 하현달 하나로 돋아 있어.

슬프게. 나는 눈을 감어.

자꾸 바람은 흰 이빨로 나를 물어뜯고.

민둥산에서의 하룻밤

이미 옛집의 불은 꺼지고
저문 길 위에 바람만 적막하구나.
세상은 산 사람 마른기침 소리만 남고
누가 깨어서 죽은 사람을 기다리는가.
갑자기 잊힌 어린 시절이 온다.
아궁이에는 불꽃들이 펄럭거리고
외로운 어른들의 얼굴에도 불꽃은 넘실거렸다.
그때는 누가 죽었던가.
세상 밖의 추운 길 위로 떠도는 죽음
오늘 너무 늦게 민둥산에 닿은 나는
떠도는 죽음이다. 옛집 불은 꺼지고
몹쓸 바람만 밤새 불어 쓸쓸한
민둥산에서 하룻밤을 머물러야 한다.

섬

바람이 분다. 나는 흔들린다.

부활보다 아름다운 축제의 날은 벽에 가려져서 보이지 않았다. 간간이 서러운 갠 날이 계속됐다.

살 속의 피는 어느 황혼에 죄다 버리고 불타버리고 저문 마음일 때 고요히 오는 꿈같은 모습으로 깊은 병을 안고 떠 있다.

파도여, 불타는 몇 장의 파도여.

끊임없이 달려와 잠든 내 혈관의 피를 쿵쿵 두드리는 유랑의 혼이여.

가을 햇빛이 좋은 날은 섬의 병도 드러나지 않고 단풍진 뭍만 황홀하게 가까워 보였다. 그러나, 나는 갈 수 없다. 언제나 포롯이 푸른 꿈만 꾼다.

잠자는 바다

열일곱 살 때 처음 바다를 봤다.

나는 절망의 창살을 등에 꽂고 도망가는 한 마리 고래였다.

바다에는 고삐 풀린 청동의 말들이 날뛰고 있었다.

내 상처받은 영혼은 통제할 수 없이 날뛰는 말을 타고 망망대해로 나갔다.

풀잎 사이로 은비늘의 물고기가 햇빛에 들키고

유리알보다 맑은 시야에 바다만 가득하게 흔들렸다.

몇천 년의 혼을 가진 남자가

바닷속에는 고요히 잠들어 있었다.

모든 이루어짐 뒤의 허망을 이루어 스스로 파도를 일으키는

잔혹한 바다여, 꽃물보다 짙은 색깔이여.

지금도 내 영혼은 절망의 창살을 등에 꽂고 망망대해를 헤매고 있다.

날아라 시간의 포충망에 붙잡힌 우울한 몽상이여

1

신생(新生)의 아이들이 이마를 빛내며
동과 서편 흩어지는 바람 속을 질주한다.
짧은 겨울 해 덧없이 지고
너무 오래된 이 세상 다시 저문다.
인가 근처로 내려오는 죽음 몇 뿌리
소리 없이 밤눈만 내려 쌓이고 있다.

2

회양목 아래에서
칸나꽃 같은 여자들이 울고 있다.
증발하는 구름 같은 꿈의 모발,
어떤 손이 잡을 수 있나?

3

밤이 오자 적막한 온천 마을
청과일 같은 달이 떴다.
바람은 낮은 처마의 불빛을 흔들고
우리가 적막한 헤맴 끝에
문득 빈 수숫대처럼 어둠 속에 설 때
가을 산마다 골마다 만월의 달빛을 받고
하얗게 일어서는 야윈 물소리.

4

어둠 속을 쥐떼가 달리고
공포에 떨며 집들이 긴장한다.

하나의 성냥개비를 켤 때
또는 타버린 것을 버릴 때
더 깊고 단단하게 확인되는 밤

쥐떼의 탐욕의 이빨이 빛나고
피 묻은 누군가의 꿈이 버려져 있다.

5

하오 세시 바다는 은반처럼 빛난다.
흰 공기 속을 통과하는 햇빛의 정적

바람이 분다, 벌판에
흰 빨래처럼 처박힌 저 어두운 바다가 운다.

포악한 이빨을 드러내는 바다, 하오 네시
위험한 시간 속으로 웃으며 뛰어드는 아이들.

6

전파는 다급하게 태풍경보를 예보하고 탁자의 유리컵에는 바다가 갇혀서 필사적으로 몸부림치고 있다.

폐쇄된 전 해안

새파랗게 질린 풀들이 울고 그 풀들 사이에 누군가의 거꾸로 처박힌 전 생애가 펄럭거리고 있다.

오, 병든 혼,
아이들은 폭풍 속을 뚫고 하얗게 떠 있는 바다로 달리고 내 붉은 피톨은 쿵쿵 혈관을 뛰어다니며 울부짖고 있다.

7
햇빛 그친 낡은 문짝에 쇠못들이 박혀 녹슬고 있다.

잊혀가는 누군가의 이름들.

8
바람은 오늘의 풀을 흔들며 지나가지만
흙속에 숨은 풀의 흰 뿌리는 다치지 못한다.

9
통제구역 팻말이 꽂혀 있다.
끝없이 거부하며 어둠으로 쓰러지고
풀뿌리 밑에서 피투성이가 되어 잠들곤 했다.
팻말 뒤에서 펄럭이는 막막한 어둠

어두운 창 너머 벌판에는 비가 뿌리고
잠자면서도 절벽을 보았다. 밤마다
시간, 오오, 가혹한 희망과 다정한 공포여
소멸의 이마를 스치는 푸른 번개
서치라이트의 섬광만 미친 짐승처럼
이빨을 번득이고
나는 꿈속에서도 필사적인 질주를 하며
땀을 흘리고 울었다.
아, 1975년 여름
절벽에 부딪쳐 산산이 튀어오르는
파도 조각처럼 부서지고 싶었다, 그때.

1978년 가을 혹은 숨은 기쁨

—K에게

낡은 스크린 가득히
빗발이 희미하게 바람에 쓸리고, 너는
풀포기 밑에 스민 한 방울 물처럼
……잠들어 있었다.

너는 안개 속에 떠오르는 파도의 등허리, 파도 속에
쉽게 키가 묻히는 작은 섬, 혹은 얼음 속에
냉각된 불꽃의 혼, 영사기 속에
잠든 미지의 눈부신 동작, 숨결 속에
짓는 집, 하나의 꿈, 아, 숨은 기쁨이다.

너는 종일 풀잎처럼 잠들고
굳게 닫힌 문 앞에서 나는 돌아섰다.

벌판 1

아기들이 꽃피어나고 있다. 가장 맑은 아침에 깨어난 풀꽃 같은 귀들이 여기저기 돋아서 아기들의 웃음소리를 훔쳐가고 있다. 아기들의 눈부신 웃음소리는 귀를 지나서 칠흑 하늘에 달고 차가운 별들로 핀다…… 하이얀 맨발이 달린다. 하이얀 맨발 밑에서 풀잎들이 눕는다. 하이얀 맨발 밑에 깔리는 풀잎들이 푸른 비명을 지른다. 아, 바람들이 별안간 수만 개의 은빛을 번쩍이는 화살이 되어 활시위 소리만 남기고 날아간다…… 별들의 심장을 관통하여 지상으로 떨어뜨리고 있다. ……꽃 하나가 어둠 속으로 떨어진다. 꽃 두 개가 어둠 속으로 쓰러진다. 꽃 세 개가 어둠 속으로 떨어진다. 꽃 네 개가…… 밤은 급히 왔다. 나는 아직도 벌판에서 달빛이 돋힌 푸른 이빨들을 세워서 물어뜯고 있다. 살(肉) 속에 묻혀 있던 울음들이 하나씩 밖으로 돋아나와서 바람이 불 때마다 허공으로 사라지고 있다.

벌판 2

우리는 벌판에 있었다. ……맨발로 달렸다. 풀잎이 나부끼는 길을. ……바람을 끊고 달렸다. ……바다에의 목마름은 가혹했다. 피가 없는 은(銀)도미를 깨물면서도 우리는 바다를 그리워했다. 허공에 누워서도 바다를 꿈꾸었다. 바람 몇 올만 흩어지는 벌판에는 언제나 밤이 왔다. 밤이…… 아직도 벌판에 있었다.

벌판 3

밤새도록 해는 떠오르지 않았다. ……벌판에는 충혈된 눈을 번득이며 개 몇 마리가 싸우고 있었다. 싸움은 이미 절망적이었다. ……사람들의 영혼이 마른 가랑잎으로 뒹굴고 있었다. 바람에 펄럭였다. ……나는 울지 않았다. 내가 벌판에서 본 것들은…… 오래된 시간, 들쥐, 무덤, 폐허, 안개, 파기되는 약속, 기도, 이룰 수 없는 꿈…… 같은 것들이었다. 그러나 슬픈 것은 내 기억의 흰 유리컵 안에 넓고 따스한 바다에 대한 추억의 푸른 물이 남아 있다는 사실이다. 우리가 아무리 신속히 달린다 해도 너무 빨리 길은 끊어지고 우리는 결코 바다에 닿을 수 없다는 사실이다. ……아아, 밤이다. 시간이 흰 뼈 몇 개로 적막히 빛나고 있었다.

저녁

모든 길은 빈 채로 남고
문득 못물에 빠져오는 가을 황혼을 보겠네.

꽃잎처럼 펄럭이며 몸을 돌던
피들도 지쳐서 설레며 밝은 잠을 꿈꾸고
죽은 풀밭 위에 앉아 바라보면
저녁 잎새마다 얼굴 감추는
바람 몇 올에 묻어오는 무형의 슬픔이여.

오, 놀라워라
뜻 없이 살고 죽는 사람의 일처럼
그 슬픔 속에는 인가(人家) 불빛 몇 점이 깜박이기도 했네.

그리고, 밤이 왔네.

새벽, 해 뜨는 바다로의 보행

일박의 따뜻한 잠에서 혼자 깨어났다.
거리에서 돌아온 피들은 캄캄하게 넘어져 있다.
아직 날빛은 돌아올 기미가 안 보였다.
길섶에 새벽잠이 없는 귀들이 피어 있다.
풀밭에 누군가의 목숨처럼 흰 고무신 한 짝이 쓰러져 있다.
샛별 가까운 언덕에 닿으면 오, 어두운 시야.
굽은 등으로 잠든 바다가 보이기 시작했다.
감은 눈은 어둠과 친하고 뜬 눈은 어둠과 괴로워한다.
어둠 속에서 바다를 향한
내 고독한 기다림은 눈썹만 하얗게 센다.

연금술사의 잠

그대 불편하게 속눈썹 뿌리를 다치지 않고
맑은 바람을 삼키며 공중에서 불타는 공기를
우리는 햇빛이라고 불렀다.

원천으로 흐르는 지상의 냇물들이
깊은 강물에 닿아 눈감은 저물녘
떠난 새들 몇 마리 돌아오는
그대 예비한 몇 평 하늘 어둡기 전까지는.

마른 장작 속에 숨어 있던 가벼운 바람들이
그 힘으로 일어나 극치의 율동으로 춤출 때
우리는 그것을 불이라고 불렀다.

때 묻은 피를 버려
때 묻은 살을 버려
불탄 뼈 몇 개로 남아서
저문 날의 폐허를 덮는 재 되기 전까지는.

그대 아름다운 물질들의 이름을 잊고
밤 깊어 불 밝았던 창들에는 어둠이 가득하다.

새로운 아침의 밝은 햇빛 꿈꾸며
극렬하게 타오를 빛나는 불꽃 하나 꿈꾸며
밤새 잔물결로 우는 피를 달래고

캄캄히 저문 바다에 섬 하나 떠 있거라.

간밤에 닻 내린 항구의 배들이
다시 눈부신 목숨으로 떠나가기 전까지.

비가(悲歌)

우리의 밭은 헛되이 병(病) 몇 뿌리만 경작하고
지난가을 우리가 거둬들인 것은 무엇인가.
밤 깊어 물은 얼고 바람 센 이 땅
어린것들은 주린 배 안고 지쳐서 잠들지만
거듭 어두운 잠 뿌리치고 깨어 있는 그대
너무 오래되어서 낡은 밤눈 내리는 세상으로
가진 것 없는 손 흔들고 등을 보이며 떠나는 그대
끝내 획득되지 않는 이 싸움의 승리를 위하여
마른 풀잎처럼 서북 바람에 몸 맡겨 떠돌다가
폭설의 시절에 눈썹마저 하얗게 세어서 돌아올 그대
바람도 불 꺼진 마을 외곽 겨울 빈 들 끝머리에서
하늘 닿는 나무들을 붙잡고 울음의 쑥대머리를 푸는 밤마다
무섭게 우는 피 달래고 불 찾아 풍문처럼 헤매다
아, 상처 난 몸으로 눈부시게 돌아올 그대 맞기 위하여
해명되지 않는 불투명한 잠을 버리고
어지러운 꿈 깨어나 순결한 몸으로 눈뜨고 있으리.

하나의 무서움

진흙 속으로 삽날이 찍힐 때마다
흙은 쉽게 새로운 거죽으로 돌아눕는다.
아저씨의 철근 같은 근육이 꿈틀대며
햇빛과 부딪칠 때 그 힘은 반짝이고.

저만큼씩 삽날 끝에 퉁겨가는 햇빛.
오래 숨어서 부끄러운 심층을 드러내는
흙의 일부.

나는 보았다.
위대한 아저씨의 삽날에 찍혀 나오는
흙 깊은 곳의 죄 없는 미물들의 잘린 허리를.
오, 꿈틀대는 미물을
차마 못 보고 돌아서서 눈감는 햇빛을.

오오, 아저씨는 땀 닦으며 웃으셨지만
나는 보았다. 그 무심한 웃음에 묻어 있는
캄캄함, 그 무서움을.

하루가 저물고

—말(馬)이 하는 말(言語)

노을 몇 점.

싸움은 불확실하게 끝났다. 내게 선고된 하루의 형벌도 끝났다.

내 운명의 고삐를 잡아당기던 주인의 힘은 얼마나 거대하였던가.

오늘은 폐허에서 쉬리라.

종일 바람 속을 달려온 주인은 숯덩이가 되어 쓰러지고 오, 우수에 잠긴 나는 몇 평의 정적을 눈에 담고 한구석에서 오래도록 근심한다. 잠이 오지 않았다.

빗방울이 듣는다. 흐린 예감의 하늘, 슬픔은 양철지붕 위로만 쏟아져 아프고 몇 낱은 아득한 저음으로 풀뿌리 밑으로 떨어져 낮게 깔리는 인가의 불빛보다 조용히 뿌리 속에 숨는다.

보아라, 수 세기 전 켜졌던 램프들이 일제히 허리를 굽히고 꺼져

늙은 내 무릎을 아득하게 적셔오는 안개, 내 생애의 모든 안식, 날리는 재 될지라도

내일의 햇빛은 어디에?

동행

불타는 하늘을 머리에 얹고
흐린 강물이 되어 혼자 가는 길이 저문다면
오, 저물게 닿은 바다의 첫 체험으로
바다 가운데 적막한 섬이라도 만난다면.

별빛 없는 밤 벌판의 들꽃이 되어
풀밭을 떠나 축축한 하늘로 흘러가는 날에
오, 밝은 은하의 한끝에 닿아
모스부호처럼 깜박이는 별이라도 만난다면.

어이하랴
우리는 각자의 우산을 받고 비 오는 고장을
말없이 지나는 중이다.

심야 1

마침내 밤은 타버린 숯이다.
은성하던 기억의 불꽃 사위고
밝은 귀들이 어둠으로 닫힌다.

핏줄 터지는 손끝마다
한 해의 가장 따뜻한 불이 당겨지고
속눈썹 뿌리에 정결한 눈물이 맺힌다.

속니 하얗게 드러내어 웃던 피들이
일제히 어둠 속으로 넘어지며
투명한 잠에 닿아서 눈물 빛깔의 꿈을 꾼다.

심야 2

긴 그림자를 이끌며 발자국 소리들이 안개 너머의 저편 거리 끝으로 사라져간다.

어느 곳에선가 혼자 남은 순결한 흰 이마 아래 숱 짙은 검은 눈썹이 돋아 있다.

문득 컵 하나가 하얗게 빈다.

신경선(神經線)들이 섬세한 슬픔에 젖는다.

마침내 떠나지 않고 혼자 남은 견고한 이마가 어둠 속으로 허물어진다.

아침 바다의 불에 타지 않은 공기가 드러난다.

오래 정지되어 있던 누군가의 꿈의 단면이 경련하기 시작한다.

조용한 개선

1

해안에서 작은 깃발로 펄럭이던 아이들을
바람이여
너는 어디로 데려가는가.

결별의 날은 홀연히 다가와 빛나고
혈관의 피들은 얼굴 가리고 섬세한 슬픔에 젖네.

한 마리 꽃게가 되어
어둠 속의 개펄로 내려서서 바라보면
섬은 언제나 고통처럼 단순하게 떠 있고
바다만 분노로 하얗게 끓어올라 산산이 깨어지고 있었네.

빗속에 돌아가는 부두 노동자들의 쓸쓸한 잔등이나 보여주고,
난파당한 폐선 몇 척이나 보여주고,
폭풍에 부러져나간 방풍림의 꺾인 가지나 보여주고,
바람이여, 시간의 그 무형한 것이여
너는 우리를 어디로 데려가는가.

2

외로운 등을 보이며
젊은 날 함부로 집을 떠났던 누이여.

이제 나는 알겠네.
한때의 격렬한 목마름,
한때의 캄캄한 혼란을.

밤새도록 뜨거운 울음 참으며 몸을 떨다가
붉끈 주먹을 쥐고 맹목의 가출을 하였네.
상한 동물처럼 엎드려 우울하게 젖어가는 도시를
무의미한 빗발에 몸을 적시며 떠났네.

3
폭풍주의보가 내려진 밤 해안을 떠돌며
모든 것을 본 사람들은 알리라.

칠흑의 어둠과
성난 이빨 드러내어 우는 바다와
거목 몇 그루를 뿌리째 뽑아 던진 폭풍을
작은 빗발과 바람 저 너머에서 떠오르는
눈물방울만큼 먼 곳의 불빛들이여.

얼굴에 깊은 그늘이라도 만들기 위하여
단순한 짐승처럼 힘이라도 갖기 위하여
오늘 젖은 몸으로 해안을 떠돌며
찬 빗발 속에서 모발을 적시고
나는 참혹하게 살고 싶었네

폭풍에 몸 부딪치며 살고 싶었네.

아, 사라진 시간의 그 무형한 바람 속에 서서
언젠가 문득 착하고 튼튼한 사내가 되어
조용히 개선하고 싶었네.

가을 예감

1

한번 피어보지도 못하고 어두운
밀실에 숨죽이며 숨어서 건방지게
불온한 서적이나 뒤적이며 핏기 없는
흰 이마로 미열을 앓던 내 건강은
아직 머리맡에 빛나는 햇살의 영양과
능금 몇 알 남은 과목의 가지 사이로
맑고 푸른 하늘을 확장하는 지상의 바람들로
쓸쓸한 온천 마을에 마른 잎사귀만 가득히 내려도
맑은 시야를 회복하여,
나는 좀더 정직해질 것이다.

2

스산한 바람으로 낙엽이 내리고
며칠째 몰라보게 수척해진 가을 산.
소녀의 흰 팔목에 떠오른 정맥에
남모르게 숨어 있던 슬픔 몇 소절도
저 혼자, 곡식을 거둬들인 빈 들로 내려가서
찬바람에 달아나는 저녁연기 몇 낱이 되고
꽃대궁 꺾어지며 시든 가을 꽃밭 그늘에
지난여름, 담벼락 허물어진 그 아래로 몰려가며
허옇게 껍질 벗어진 등허리를 드러내던 가랑비가
여문 씨앗 몇 알로 남아
다가올 긴 어둠을 걱정하고 있다.

3

가을의 채과는 모두 끝나고
그해의 가장 훌륭한 수확들로 창고는 가득찼다.
가을걷이 끝난 빈 밭에는
식구들의 실책 몇 개가
흙속에 남아서 사람의 손길을 기다린다.
기다릴 때의 세상은 너무나 춥고 외롭다.
살이 풀잎에 베이는 아픔은 없어도
피들은 사소한 웃음조차 들키지 않는다.
누가 도처에 숨은 이 가을의 작은 비극을 알까.

들일에서 돌아온 호미들은
헛간에 간수되었다.
각자의 일감에 지친 식구들은
처소에서 고단한 허리를 펴고 잠에 빠진다.
홀로 밝은 하늘의 만월을 씻는 찬바람 소리,
눈썹 센 가을의 달빛으로
가을 산 전신으로 돋아나는 가을 예감이여.
풀섶에서 튀는 몇 마리의 곤충,
가까운 미물들의 싸늘한 죽음이
내 잠을 빼앗는다.

4

몸은 차갑게 식고
한없이 그리워진 잃어버린 날의 불빛이여.
달빛 아래 흰 웃음으로 피어 있던
꽃 한 송이 지고
내 방황의 뜨락에도 겨울은 올 것이다.

바다의 부활수업

1

지금
하늘은 마취 솜을 집는 니켈 핀셋 끝에
전량(全量)이 매달려 불타고 있다.
나는 무수한 실패의 끝에
생애의 변경을 떠나 상징의 바다에 닿는다.

밤은 빨리 오고
푸른 등을 보이며 돌아눕는 바다,
누이는 밤마다 바다로 실종되었다.
궁핍한 시대의 꿈들이 익사한 바다,
다시 바다는 사나워진다.
미지의 해안을 떠돌며 고뇌하던 누이는
횡포한 파도에 부딪혀 난파당한다.

순결한 내 누이여
불면의 밤마다 닦던 꿈의 등피(燈皮),
밤안개 속에서도 뜰을 밝히며
고요히 타오르던 누이의 꿈은
어느 죽음의 바다를 표류하고 있는가.

2

서서 자는 짧은 잠,
그 불편한 잠 끝에 깨어나 바라보면

불타버린 죽은 자의 맑은 혼과
몇 개의 잔혹한 상처가 있는 산 자의 영혼들이
해풍에 머리카락을 날리며 밤바다를 떠돌고 있다.

저 삶과 죽음을 함께 껴안고 있는 상징의 바다,
산 자들의 공복과 기침이 떠도는 미궁의 바다,
산 자와 죽은 자의 꿈이 매몰된 폐허여.

해변에는 파선한 꿈의 선박들이
상처마다 달빛 같은 흰 피를 흘리며 밀려오고
오, 바다는 광포해지고 있다.
개인들의 사생활은 야반에 파괴되고
하얗게 뼈만 남은 꿈 하나가
폐쇄된 해안으로 떠밀려온다.

3
이루지 못한 인간의 꿈은
몇 포기 섬으로 떠오른다.
누이여,
너는 아득한 바다의 표류에서 돌아와
한 포기 섬이 되어 떠오르는가.

도처에 잠복한 어둠에서 빠져나와
탄생과 몰락이 명멸하는 바다에서

가장 쓰라렸던 체험의 순간에 바라보는 섬이여.
섬은 위험한 달빛 속에 갇혀서
신(神)의 언어에 은(銀) 잎사귀에 귀를 기울이고
온 기슭에서 잔물결 적막히 잠들자
홀로 사유는 깊어
은린(銀鱗)처럼 빛나는 슬픔에 숨죽여 희뜩희뜩 울고
있다

4
나는
죽은 꽃을 들고 기다리며 서 있다.

지붕들이 퍼렇게 나부끼는 바다,
누이는 어느 지붕 밑에 잠들어 있을까.
아, 상징의 바다에 떠 있는 묘지들은
밤새 집 없이 떠돌며 물결에 씻기고 있다.
희디흰 달빛이 내린 망각의 해안에서
불탄 섬 하나가 어둠의 깃에서 빠져나와
한 마리 도요새가 되어
불꽃처럼 홀연히 한밤의 하늘로 떠올라간다.

순결한 내 누이여.

나는 퍼렇게 날 선 바람 속에서

폐허된 정신으로
서서 잠들리라.

저녁, 눈 내리는 묘지로의 보행

만나라. 가서 만나라. 바다로 가서 바다를 만나지 못하고, 내가 소유한 어둠을 모조리 벗어버리기 위하여, 묘지로 가자. 살아서 잠 깨일 때가 몇 번인가. 마당귀 마른 갈참나무 장작 밤눈에 하얗게 덮여가고 흰 이빨 번득이며 웃던 사나이들 타버린 수목 밑동처럼 몇 구의 어둠으로 쓰러져서 꿈 없는 잠에 취하고, 오래 깨지 못할 것이다. 그들의 어두운 잠. 밤으로, 누가 길을 걸을 것이며, 이빨 속 보여서 찬 얼음 낱낱으로 부서지는 웃음을 들키겠는가. 지금 빈 석남나무 한 그루 적막한 뒤뜰에는 몇만 섬 식은 피가 분주히 집을 세우고 설레던 바람 머리 허리 풀어 잠들어, 시간도 오래 낡은 베옷을 벗으며 돌아와 눕는다. 혼자 깨어서 무명 묘지로 향하는 나의 보행. 죽은 자들은 이 눈부신 정적을 은장도로 자르는 맑은 웃음 한번 보여줌 없이 묘지에 누워서 몇 칸의 빈집들을 허물고, 아프구나. 잠 깨어 만나러 가는 나의 보행을 흰 말들이 찬 우유를 토하며 전속력으로 달려서, 타는 나의 중심의 불, 피를 어둡게 하여서 깊은 아픔이구나. 모두가 잠에 취하여 안개로 그들의 집을 몇 칸씩 세우더라도, 창백한 러시아 하늘의 측면을 스치는 마른번개, 인육 아픈 부분으로 스며서 슬픔을 안개꽃처럼 밝혀도, 나는 걸어야만 한다. 걸어서 만나야만 한다. 오, 이마가 흰 자작나무들, 외로운 죽음들이 흰 눈썹으로 서 있는 곳을 지나서 한 생애의 과육에 박힌 씨앗, 한 집의 어두운 잠을 잠 깨인 자로 만나서, 내 머리의 무성한 피를 삭발하고 보아야 한다. 일체의 캄캄함을 극렬한 불로 소멸하기 위하여, 마침내 내 최후의 언어인 바다를 만나기 위하여.

꿈꾸는 사냥꾼의 비가(悲歌)

불타는 황혼, 들판은 전신으로 퍼렇게 굶주림을 키우고 있다. 종일 지친 불결한 피는 사자(獅子)가 되어, 오오, 무서운 속도로 질주하고 모든 파묻혔던 슬픔은 새롭게 용서되지 않았다. 드디어 해는 졌다. 밤은 일만 톤의 냉혹한 어둠을 몰고 와서 허공에서 허공으로 힘차고 눈부신 율동으로 하늘 아득한 곳으로 날아가던 독수리의 비상을, 발밑으로 섬세한 바다의 섬들을 점점이 버리고 대기를 흐르는 세찬 바람 머리를 차고 올라 까마득하게 상승하던 독수리의 비상을, 더는 보여주지 않는다. 삼나무 밑에 눈부신 몸놀림을 거두고 떨어져 죽어 있는 날짐승의 고독만을 보여준다. 나는 끝끝내 울음을 참는다. 내 슬픔을 대신하여 풀밭은 찬 이슬로 귀를 닫으며 밝은 잠들을 공중에 던지고 슬프게 운다. 밤은 햇빛의 남은 먼지들까지 밟으며 종일 지쳐서도 햇빛을 꿈꾸는 나의 혈관의 피들을 차갑게 식히며, 무덤을 파고 있다. 순은의 햇살 돋는 아침에 싱싱한 잎잎으로 살아나기 위하여 잠의 생우유를 먹어야 한다. 깊은 잠 자기 위하여 꽃피우는 것들의 뿌리를 절단하고 죽음의 밭으로 엄격하게 버려야 한다. 아직 밤의 어둠은 크고 작은 숲들과 멀고 가까운 폐허들을 지배하고 있다. 누가, 나의 밤이 소유한 열흘의 안식을 모조리 훔쳐가서 나는 무성하게 자라난 쓸모없는 살(肉)을 삭발하며, 고통 속에서 활과 화살을 정비하고 다시 사냥 떠날 준비를 하였다. 나는 추웠다. 나는 불을 피웠다. 불은 그의 힘으로 꺼지지 않는 극치의 춤을 추고 있을 때 나의 혈관의 모든 피들은 순결하고 따뜻해지며, 비록 폐허 위일지라도 쉽게 잠들 수 있다. 내가 달리지 않는 길들은 쉬고 있다. 내가 날지 않는 하늘은 쉬고 있다. 밤의 안개 자욱한 대지에 쓰러져 울음을 파묻고 햇빛을 꿈꾸는 수천 구의 잠이 적막한 꽃들로 피어 있다.

풀잎

생애의 적막을 견디며
한 포기의 풀잎이
흔들리고 있다.

춤추기 위하여 뿌리를 떠나서
어두운 해안에서 타는 밤불에 제 몸을 투신하고
지중해의 양광으로 타오르는
꿈꾸며 춤추는 율동의 저 안개 젖은 몸짓들을.

어둠의 형랑을 견디며
한 포기의 풀잎이 흔들리고 있다.

알몸으로 서로 껴안으며
살에 묻은 외로움 서로 혀로 핥으며
어둠 속에서 아파하는 목숨의 춤을,
어둠 속에서 아파하는 목숨의 꿈을.

무의미의 황야를 견디며
한 포기의 풀잎이 흔들리고 있다.

풀잎, 잠을 깨어라, 가자.
풀잎, 잠을 깨어라, 가자.
풀잎, 잠을 깨어라, 가자.

—아, 어디로?

병후(病後), 혹은 살아 있는 기쁨에게

1

적막히 웃는 웃음
공연히 부끄럽고

목숨은 흙 한 옴큼
하늘이 눈부셔라.

2

노란 지붕에 까마귀도 없는데 초록의 풀밭에 엎드려 잠자던 안개가 일어나서 눈물을 흘리고 있다. 다친 몸은 아직 회복되지 않고 가끔 불편하여 어둠을 토하면 손톱들이 힘없이 빠지곤 했다. 마침내 체념은 바다에 이르러서 한 자락씩 파도를 일으키고 죽음은 새벽 길머리로 나가서 가로수가 되어 드문드문 서 있다. 길에는 아무도 없다. 바람도 잎사귀를 흔들지 않고 아무도 걸어오지 않았다.

3

성악하는 여자들의 눈썹이 하얗게 센다.
—나는 풀섶에 떨어진 금지환이에요,
　혼자만 색깔이 달라서 울음 울어요.
유리컵으로 실뿌리가 하얗게 내린다.
—나는 눈 가리고 불려가는 바람이에요.
　아무것도 안 보여 무섭고 두려워요.
부끄러운 곳에 숨은 깊은 상처가 아문다.

—나는 흰 접시에 담긴 어둠 조각이에요.

  죽지 않고 눈 뜨여서 입 다물고 누워 있어요.

연초록 잎사귀 위로 양철 소리 나는 햇볕들이 깔깔거리며 달아나고 있다.

새

새장을 주세요. 우리에게 새장을 주세요. 튼튼한 철망의 새장을. 우리의 감금을 위하여, 감금된 후의 한 스푼의 자유를 위하여. 모이 몇 낱, 물 몇 모금, 작은 공간으로도 나는 황홀한걸요. 쓰러지는 법에만 능숙한 내게 자유의 하늘은 무서워요. 나는 쓸모없는 날개 두 쪽인걸요. 오래 걸을 수도 없는 가느다란 다리 두 개로 서서 나는 밤마다 꿈꿀 거예요. 우리가 단념한 텅 빈 겨울 하늘에 몇 마리의 비상을 시도하던 새들이 하얗게 고정되는 꿈을. 고정된 그것들의 형체가 새벽별 한 점으로 끝없이 아득한 곳으로 하강하는 꿈을. 그리고, 오, 이 작은 새장의 갇힘이 주는 안식을 혼신으로 탐할 거예요. 새장을 주세요. 우리에게 새장을 주세요. 우리의 부리, 우리의 발톱, 모두 싸우기에는 너무 연약하고, 우리는 식은 피 한줌뿐인걸요. 하늘을 가장 자유롭게 비상하기 위하여 그들의 순결한 피를 아끼고 아껴서 최후로 불타오르고 햇빛 넘치는 아침 풀밭에 참혹하게 쓰러진 새 한 마리가 만든 어둠을 직시할 수 없는 우리를 위하여, 쓸모없는 뼈와 깃털뿐인 나를 위하여. 새장을 주세요. 우리에게 새장을 주세요.

파가니니
—남쪽의 마술사

1
어디로 가니?
어디로 가니?
어디로 가니?

2
오오, 황혼, 한 포기의 죽음이 바람에 흔들리며 견디는 적막. 칼날에 넘어진 생애. 말없음. 그대는 거품으로 사라질 것. 그대는 흔들림으로 소멸할 것. 언제나 영원한 운동은 견고한 침묵으로만 존재하니까. 가자…… 나의 아버지 마왕, 어둠에 헌신하고, 모든 피를 불꽃에 던지고, 온갖 사냥에 능한 자. 나는 그의 잠든 무덤의 터에서 뿌리를 내리고 하늘을 향하여 수직으로 서 있는 불꽃. 가자…… 무형의 슬픔이, 혹은 어둠, 혹은 죽음이, 모포를 뒤집어쓰고 다가오고 있다. 여기는 인간의 불빛 한 점 보이지 않고 아무리 걸어도 따뜻한 잠자리를 얻기는 틀렸다. 가을의 수확 끝난 빈 들의 실오라기 연기마저 사라지고 저기 건초더미가 내 하룻밤의 유랑하는 잠을 받아줄 것이다. 가서 잠을 허락하리라. 가자…… 누가 소멸하지 않는 형태를 가지고 있는가. 그러나 우리의 형태를 허물어, 수평선 그 아득한 땅에서 한 생애로 탄주하는 선율, 안개 너머의 극치로 빛날 때 신생의 이마는 지중해의 햇빛을 만나서 눈부신 목숨으로 거듭 태어날 수 있다. 가자…… 불 켜진 바다. 오, 넓고 따스한 바다로.

순은의 햇살이 빛나는 아침까지 악사(樂士)는 자작나무 숲에서 잠들고

추수가 끝난 빈 들에 닿으면
쉬어 가자 무형의 바람이여,
종일 고단한 허리를 풀어서
서녘에 벙어리로 노을이 지게 하고
오래 지친 종아리에 맑은 피들이
꽃잎처럼 떨어져 쌓일 때까지
흐르던 바람이여 멈추어 쉬어 가자.
산그림자 강물에 빠지고
노을 묻은 눈썹으로 들길을 걸어서
저문 가을 자작나무 숲까지 닿아야 한다.

울음을 죽이고 살아온 것만큼 늙어서
늦은 길손으로 자작나무 숲에 닿는다.
돌 틈으로 흐르는 물들이
가늘게 맑은 휘파람을 불고
까르르 피어 있던 풀꽃들이
웃음 그치고 나지막하게 소곤거리고
이슬 먹은 몸뚱이에 꽃 돋은 배암도
바삐 떡갈나무 밑동의 제 집으로 숨어버린다.
이마를 들면 청솔가지 사이로
달이 내리는 저문 강물도 희끗희끗 보인다.
묵은 옷을 벗으니까 살이 부끄러워한다.
적막한 귀를 열고 누우면
늙은 길손이여 무엇을 이루었느냐

울며 헤매는 아들의 바람소리 들리고
헤어진 아내의 허리도 너무 멀어서
손끝으로 안개만 하얗게 만져진다.
목숨이 일생에 한 번 만나는 진실로
체념의 빈 바다 위에는 살별이 흩어지고
해 아래서 헤매는 모든 빈손이
그림자 거두고 누운 내 눈물을 받는다.

그리운 것들도 하얗게 쓰러진 새벽
성숙한 처녀들이 눈부신 앞가슴을 여는
순은의 햇살이 빛나는 아침까지
악사는 자작나무 숲에서 잠들고
캄캄한 어둠에서 깨어나지 않았다.

올훼여 꿈꾸는 영혼이여

1

저 거리, 사람들이 함부로 몰려가는
그 틈에도 나는 끼지 않고
벌써 며칠째 회색빛 닫힌 침실에서
잇자국 난 바다를 내부에 가두고
불온한 서적에 붉은 줄을 그으며
창백한 얼굴로 꿈꾸고 있었지.
이 도시의 밤의 풍요 속에 숨은 광기를
갑자기 오는 정전의 어둠을 두려워하며
눈감고 시인이 되려는 꿈을 꾸었지.
지금 스무 살
내 피는 푸른색이고
위대한 시인에의 꿈에 벌써 며칠을 불면으로 지새우고도
물 머금은 별처럼 빛나는 눈이여.
오늘 오후 늦게
아직 채광창을 통과하여 쏟아지는 햇빛은
쓸쓸한 양지를 만들 때
프리드리히 니체의 비극에 대한 책을 읽으며
문득 바라보는 저 거리,
사람들의 어깨 위로 내리는 저녁 안개 속을
물고기의 혼처럼 헤매는
이 거리의 사나운 갈증이여.
목이 타는구나, 지는 햇빛
사람들의 발밑으로 쓰러진다.

내 금빛 시간은 어느 폭력에 쓰러졌나.
빈 머리를 휘젓는 몹쓸 바람, 불,
생의 모든 위안은 순간일 뿐
밤은 무서운 속도로 내가 사는 도시를 점령해버린다.
누가 기록하였을까.
흐린 연필 글씨……
아버지, 나는 읽을 수가 없어요.
생의 맹목적인 정열의 근거는 해독되지 않고
뿌리 없는 어둠의 화살이 가혹하게
내 전신을 관통하고 지나간다.

2

겨울은 흰 채찍을 휘두르며 급하고 황량하게
성난 파도의 허리를 치고
벌판의 잠든 광풍을 때리고
닫힌 이 도시의 문 앞까지 진주하여 왔다.
강가에서 아이들은 마른 풀잎처럼 나부끼고
밤은 빠른 재앙처럼 창날로 날아와서
산허리의 타는 적색 황혼을, 불타는 아이들의 폐를
관통하고 저문 들판 어느 구석이나
가득 부풀어오르는
처형의 바람들은 나의 깊은 잠을 깨웠다.
나는 혈관의 모든 피에게 불타는 법을 가르치고
대지에 숨은 고통의 뿌리를 흔들며 일어난다.

잠든 생애의 굶주림이 풀처럼 일어나고
잠든 생애의 외로움이 물처럼 범람하고
잠든 생애의 목마름이 불처럼 타오르고
오오, 나의 생애로 이루려고 했던 것은 무엇인가.
우울하게 빛나는 이빨로 씹던 곡식 몇 낟,
우울하게 빛나는 이빨로 씹던 풀잎 몇 조각,
목구멍으로 넘기는 미지근한 물 몇 모금,
언제나 시들하며 쓰디쓴 짧은 오락,
혼자 숨어서 마시던 몇 컵의 슬픔,
오오, 내가 키운 것은
쓸데없는 안개와 무덤뿐.
아아, 잘못 살아왔다.
일어나라, 잠든 것들아, 일어나라.
이제 가자, 격렬하게 타오르는 눈 열림의 기쁨
나의 다리는 강철, 잔인한 짐승을 쓰러뜨리고,
광활한 사막을 이기고, 지평선 끝으로 가자.
바람을 꺾은 행진, 극치의 춤, 춤, 춤, 찾아서
사막을 쓰러뜨린 행진, 순수한 불, 불, 불, 찾아서
극렬한 율동으로, 저녁, 아침, 밤을 헤매고
들쥐들 우글거리는 폐허, 불빛 한 점 없는 황야,
늪지에 떠 있는 몇 평 흐린 하늘, 숲, 마을,
도시를 건너서.

3

잠들지 말아라, 어두운 곳에서
잠들지 말고 바람 부는 강가로 나가보라.
전 생애의 부끄러운 기침 소리가 모여 있는 갈대밭,
일렁이는 잔바람에 울며 참회하는 자여.
조금씩 흔들릴지라도
너무 쉽게 타협하지 말고
바라보라, 일생의 죄악의 캄캄한 바다.
지난여름, 어린아이들을 삼키고도 멸망하지 않았음을.
우산으로 하늘을 가리고
돌아가는 사람들의 등허리.
혀 짤린 겨울 찬비들이 불빛 밑에서
가는 흰 몸으로 짤막하게 울며 떨어지고
굴뚝에서 나온 연기는 공중에서
급하게 형체를 허물고, 단지
불빛 몇 개를 허락하는 밤은 깊고 추웠다.
나의 내부는 어둠뿐이어서
낮은 곳에 몰려 젖어가는 가랑잎들.
공터에서 개들은 우울한 자세로 교미를 하고
오랜 구두에서 흰 슬픔은 발가락이 돋지만
소리를 빼앗긴 풍경은 기울지 않는다. 밤은
언제나 급히 오고, 얼어붙는 물들의 고통
이제 심야, 램프를 끄고, 비로소 모래를 만나서
벌판을 만나고, 어두운 바람을 만나고

깊은 외로움에 취하는 이 거리의 상인들이여,
그대들과 나, 우리는 헛되이 흘러갈 뿐인가.

4
위대한 봄은 아직 지구에 오지 않았다.
일찍이 춤추던 아이들은 춤을 잃고
노래하던 아이들은 노래를 잃고,
오직 적막하고 깊은 잠만 대륙 전체의 뿌리를 적신다.
불 꺼진 이마로 흘러가는 이 도시의 사람들을
적시고, 남은 불빛 몇 점, 캄캄한 죽음보다
더욱 깊은 심연으로 삼키고 있을 뿐이다.
금(金)처럼 쓰러진 이 도시의 정신,
숯처럼 쓰러진 이 도시의 생식,
하늘의 구름이여
깊고 적막한 잠이여.
누가 깊은 잠을 사로잡을 수 있는가, 저 혼자
이 도시의 상공에 누운 깊고 깊은 늪
무덤보다 아득한 잠을 내리는 근원을.
회색의 재를 먹으며
죽음을 토해내는 그 마왕을.
누가 튼튼한 창을 가지고 있어서
그를 잡을 수 있는가.
아무도 불 꺼진 층계를 지나서
넓고 따스한 바다

위대한 봄을 키우는 바다에 닿을 수 없다.
이 도시의 사냥꾼으로 헤매는, 누가
불 꺼지지 않은 이마를 가지고 있고, 누가
부패하지 않은 소금을 먹고 있으며, 누가
잠으로 어둠을 승인하지 않고
빛나고 있는가.
보아라, 이 도시의 잠 깨인 아이들이
빛나는 이마를 들고 울고 있다. 불타는 황혼,
그들만이 떠나는 자의 용기를,
깊고 깊은 재앙을 사막보다 더 큰 목마름으로
참으며, 꺼지지 않는 불을 찾아서
광야보다 더 큰 굶주림으로
참으며, 목마르지 않는 영원한 물을 찾아서
떠나는 자의 확신을
보여줄 수 있다. 불타는 자의 아름다움을.

5
며칠째 새벽마다 서리가 하얗게 내리고
거친 바람 속에서 질병은 더욱 깊어질 때
깊은 겨울은 온 도시를 잠들게 하였구나.

그러나, 보아라, 서해에 내린 눈송이들은
수심 깊은 곳에서도 녹지 않고 응결한다.
칠흑의 하늘, 찬란한 별자리에

가장 빛나는 별들로 박히기 위하여.
보아라, 잠자는 모든 아기는
폭풍 속에서도 잠을 깨는 법이 없다.
거친 바람의 겨울 새벽에도
쓰러지지 않는 튼튼한 근육을
소유하기 위하여.
대륙은 굽은 등으로 깊은 잠이 들고
아무도 눈뜨고 달리는 사람은 없다.
때아닌 메밀꽃이 흰 소금 쏟은 듯 숨가쁘고
그 백설의 광활한 등허리에서
우리가 무릎 꿇고 한낱 무덤이 될 수 없음을
친구여, 살아 있는 입술로 말하여다오.

살 바깥으로 달아나는 한줌의 불빛이여.
우리가 타버린 수목처럼 툭툭 쓰러져서
깨어날 수 없는 이 땅의 어둠이 될 때
뜨겁게 일어난 질풍은 처소에 바쁘고
무엇이 혼자 남아서 깃발을 흔들겠는가.

쓰러져 허리 아픈 적막한 국토를 깨우고
비운의 구름도 걷혀서 강설기(降雪期)가 끝날 때까지
친구여, 너무 쉽게 타협하지 말고
불타는 자의 아름다움을 보여다오.

이제 한 빛의 몰락 뒤에서
한 빛의 새로운 탄생이 일어나리라.
순은의 햇살이 빛나는 아침에
이 도시에서 맨 처음으로 잠 깨인 아이들이
빛나는 이마를 들고 일어나리라.
그들의 청아한 성대에서 울리는 눈부신 노래,
그들의 빛나는 율동으로 추는 눈부신 춤,
이제 도시는 깊은 잠에서 일어나
축제의 환호 속으로 깨어나리라.

가자, 울부짖으며 헤매는 바람 이기고
찾아서 가자.
아름다운 불만 키우시는 어머니
불을 켠 채로 기다리는 나의 모국
위대한 봄을 키우는 넓고 따스한 바다로.
싱싱한 공기 속에서 일어나
금빛 식탁에서 생명력 넘치는 아침을 먹고
탁월한 활력으로 산 넘고
슬기로운 눈 뜨고 바다 건너
가자, 넓고 따스한 바다로.

먼산 먼 강

늙은 마부여. 하늘에는 초록색 별들이 뜨고
빈 들에는 남은 몇 포기의 배추가 시들어
저문 길을 가는 그대의 허리를 외롭게 한다.
양식을 구하며 씨얼거리던 들쥐도 죄다 숨는다.
상수리나무 숲길을 지나는 그대의 발밑으로
문득 마른 떡갈나무 잎사귀 하나 굴러서
그대의 가슴은 캄캄하게 꽃잎 지는 소리 들어도
그대는 끝내 눈을 감지 않는다.

늙은 마부여. 인색한 숙부네 마을에는
삭정가지 울타리의 흰 빨래도 걷혀서
여린 젖살에 피는 홍역 등불이 발긋발긋 돋고
골목마다 귀 익은 두런거림이 꽃처럼 밝아도
그대는 건초더미를 풀지 않고
새삼스럽게 눈을 떠 칭얼대는
작년 가을에 다친 발목의 상처만
잦은 기침으로 어루어 달래고
이미 어두워진 들길로 나선다.

아아 사과꽃 피고 이우는 적막한 이 나라 국토
달 뜬 빈 메밀밭 흙 위로 하얗게 풀씨 흩어지듯
늙은 말의 방울 소리 몇 점만 그리움으로 흩어지고
어둠 속으로 하얗게 뻗은 갈 길은 아득해도
늦가을 먼산 먼 강 오래오래 거기 있거라.

바다사냥

젊은 수부가 되어 돌아왔다.
바다가 저문다. 누군가의 일생이 저문다.
헛된 욕망의 끝을 따라가던 젊은 수부의 얼굴이
저문다. 어둠 내린 원목더미 사이에서 출렁이는
파도 소리 가슴에 묻고 저문다.
오, 침묵하라. 해 진 바다 위의 하늘이
저문다. 마취 거즈에 코를 묻고
혼수상태에 빠지며 누군가의 일생이 저문다.
마취 거즈에 코를 묻고
혼수상태에 빠지며 누군가의 일생이 저문다.
바라보라. 하루의 생업을 매듭하고 고요히
귀환하는 배의 돛대를 바라보라.
바다에 실종된 빈혈의 아이들이
저문 하늘에 뼈보다 적막한 전신을 드러내며 돌아온다.
바라보라. 해안통 야트막한 처마 아래
창마다 켜지는 불빛들,
숨죽이며 가슴에 묻어왔던 병보다 깊은
그리움이 어둠 속 불씨로 일제히 눈뜨는 것을.
바다여 기억의 캄캄한 지평 위로 떠올라
둥근 하프여 슬픈 리듬의 노래를 하라.
빛나는 바다여 어둠 속에서도 너는 잠들지 못하고
첫 싸움의 쓰라린 패배를 오래 잊지 못하리라.
박수 소리로 치솟아오르는 바다,
허공에 흰 광목 필을 활짝 펼쳤다가

허무한 포말을 입에 물고 쓰러져 눕는 바다여.
오, 상처 없는 영혼이 어디 있는가.
오랜 편력 끝에 지쳐 들어와
네 몸엔 상어떼의 잇자국이 선명하고
조금씩 피를 흘리며 붉은 울음을 울고 있다.
첨탑에서 맹목의 깊은 잠에서 깨어나 바라보던
어두운 투망의 덫을 빠져나와 아득히
금빛이 번쩍이는 시간을 안고 흔들리던 바다여.
빛나는 고요가 타오르던 하오
망망대해를 꿈꾸던 젊은 날들을
어디에서 찾을까. 지금은 밤이고
바다는 어둠 속에 엎드려 머리를 풀고 있다.
바라보라. 수입 원목을 부리던 노동자들도 돌아간
밤의 항구를 떠도는
젊은 수부여 어둠 속에서 몰락하고
어둠 속에서 탄생하는 바다를 바라보라.
침묵하라. 상처 난 영혼이여.
젊은 수부가 되어 돌아온 자의
등뒤에서 새롭게 부활한 바다가 하얗게 일어선다.
빗속에 갇혀버린 겨울 항구의 일박이여.
세상이 물안개에 머리를 묻고 잠들 때
젊은 수부는 탄소의 캄캄한 잠에서 깨어난다.
혀 잘린 빗발들이 가등의 창백한 빛 속에서 짧게
생애를 마칠 때 우산으로 하늘을 가린 몇 사람

등을 돌려 어둠 속으로 흩어져 돌아가고
밤은 켜진 불들을 하나씩 죽이며
어둠을 깔아오고, 멀리
밤 들어 사나워진 바다를 턱밑까지 끌어온다.
평화한 잠의 뜨락에 흰 웃음처럼 피어 있던
꽃들은 떨어져 어둠 뒤로 얼굴을 가리며 숨고
먼 벌판을 횡단해서 불어닥친 처형의 바람에
몸속에 감금된 피들은 불새처럼 눈을 떠
무모한 불길이 되어 허공을 날고
고통스럽게 붕괴되고 있는 바다여.
모든 혈관의 피들이 불꽃으로 펄럭이며 일어나
불길은 존재의 지붕으로 가린 하늘을 핥고
마침내 바다 전체가 불속으로 쓰러진다.
밤마다 소멸하는 바다로 내려가면
신생의 아이들 몇이 그림같이 서 있는 밤 해안,
배암의 뒤집어진 찬 배처럼
희고 선명하게 어둠 속을 떠오르고
방풍림의 튼튼한 육신을 쓰러뜨려
참혹하게 빗발에 젖어가는 부두 노동자 한 사람.
허약하게 죽은 정신의 모발을 적시며
밤이여 바다의 무덤까지 내려가보았느냐.
참담하다. 참담하다. 젊은 수부여.
헛되이 길을 찾아 몸을 숨기던
혼자 읽던 책 속의 깊은 밤을, 이제

차갑게 얼어가는 뜨락에 내려서서
모조리 불에 던져야 한다.
쓸모없는 무형의 지식들은
타오르며 새롭게 불꽃을 이루고
불꽃 속에서 궁극의 꿈은
잠깐씩 파랗게 빛나다가 쓰러진다.
그러나 밤은 불꽃을 오래 허락하지 않을 것이다.
떠나라. 젊은 수부여.
발목을 잡는 어둠을 뿌리치고
불 꺼진 층계를 지나, 영원히
살아 있는 바다, 전신에 불을 밝히고 누운 바다로.
젊은 수부여 만리 밖에서 파도가 짐승처럼 운다.
아, 깊은 밤 허공에는 한 바다가 쓰러져 있다.
바다여 불속에서 소멸하고 불속에서 거듭나는
정신이여 젊은 수부의 눈물 속에 부푸는
헛된 꿈이여 퍼렇게 불 켜고 일어서서
허공의 바다는 밤새도록 잠들지 못한다.
불타버린 만큼 가혹하게 바다는 깊어지고
이루지 못한 꿈만 파도마다 부서져 흩어진다.
파도여 누가 깨어서 숱 짙은 눈썹을 깜빡이며
달빛 속에 흰 붕대를 감고 누워 있는 바다를,
죽음이 울며 떠도는 저 미망의 바다를,
길 저문 다음의 마음으로 참담해하겠는가.
젊은 수부여 난파당하고 떠도는 것은

그대만이 아니다. 한밤에 깨어 울며
상처를 오래오래 바라보는 자도 그대만이 아니다.
바다는 해풍에 푸른 모발을 날리며
목발을 짚고 위태롭게 지상을 헤맨다.
바라보라. 해안통 지붕들은 낮게 낮게 가라앉고
아직 꺼지지 않은 두어 집 불빛
어둠 속에서 오래오래 괴로워하고 있다.
마른 장작개비는 금빛 화염을 일으켜세워
바람 센 이 해안 아궁이마다 펄럭이고
아직 젊은 아낙네들은 깊이 잠든다.
꿈속에서 죽은 바다를 하나씩 안고
빗속에 갇혀 있는 겨울 산으로 떠난다.
그러나 겨울 산은 어디에도 없다.
밤안개 자욱한 도중에 길 잃은 아낙네들은
다시 꿈의 선박을 타고 남지나해 쪽으로 나가
울며 떠도는 사나이들의 영혼과 만나
아아, 더욱 헤매리라 헤매리라.
단순하게 밤바다에 떠 있는 섬들이
해초 돋은 귀를 열고 들어보면
길들이 하나씩 일어나 어둠 속으로
베옷 서걱이며 사라지는 기척이 바다 위에 가득하다.
아, 바람이 분다. 섬들은 일어서서
어둠 속에 매몰된 길을 찾으며
모래 섞인 바람 속을 헤매고

누구인가, 이 밤에 깨어서 헤매지 않는 자는.
헤매지 않고 완성된 바다는 없다.
손끝 터지듯 기다리던 마음이
스스로 저물어서 어둡게 문을 닫을 때
축제의 빛은 불 없는 밤의 문을 열고 온다.
어둠의 흰 이빨에 단단히 물려 있던 바다는
새벽 여명을 흔드는 비명을 지르며 깨어나고
푸릇푸릇 멍울이 남아 있는 푸른 등 위로
은색의 바닷고기들이 수면을 차고 튀어올라
오래 공중에 아름다운 암호처럼 떠 있다.
바다여 젊은 수부의 머릿속은 밝아오고
처음 떠나는 겨울 파도여 막막히 수평선을 펼쳐라.
바라보면 언제나 바다 끝에서 빛나는
아아, 저 헛된 허공에 떠오르는 꿈이여.
바라보이는 것만 참형상이 아니듯
옷을 벗어던진 새벽 바다가 처음 드러내는
수평선을 바라보지 말고 그 뒤로 숨은
더 큰 빛의 침묵을 온몸으로 떨며 껴안아라.
비로소 바다 전체가 아침 빛 속에 떠오른다.
깊고 견고했던 지난밤의 어둠
과육 속에 숨은 검고 단단한 씨앗이
한 바다를 제 속에 완강하게 가두고 있듯
어둠 속에는 빛의 씨앗들이 숨어 있었다.
탄생 속에 몰락은 깃들어 있고

몰락 속에 탄생은 깃들어 있다.
바람이 일고 숨가쁘게 일어서는 파도여.
바라보라. 유배된 자의 마음으로.
바다 위에 떠도는 것은 안개와 무덤뿐.
그러나 폭죽처럼 터져오는 빛살 속에
물살을 가르며 떠오르는 바다의 사원,
아, 파랗게 얼어붙은 핏속으로 떠오르는 햇덩이여.
눈부셔라, 새로 열린 황금 물길로 필생의
밤바다를 떠돌던 배들이 부서져 돌아온다.
물굽이마다 빛나는 휴식이 떠올라
지금 바다는 눈부신 정적의 축제에 잠겨 있다.
아, 꿈꾸고 춤추어라. 잃어버린 시간들은
내 혈관에 구근처럼 흰 뿌리를 내리고
새로이 솟구치며 허공에 흰 깃폭을 펼치는
아침 바다여 이제 고별해야 한다.
덫에 치인 꿈이 흰 배 뒤집고 죽어서 떠오르고
바다는 사원이 허물어짐으로써 바다가 된다.
어둠을 견딘 몇 개의 살아 있는 정신
그물에 걸려 금빛 비늘을 번득이며 파닥거리고
바다에 내린 햇빛이 첨탑으로 빛나는 정오
늙은 상수리나무 가지 사이에 눕는 바다여.
바람은 해안통 지붕들을 펄럭거리고
뿌리 깊은 잠을 파도처럼 몰아
숲 사이 파랗게 눈떠 있는 바다에 부린다.

사슬에 묶여서 끌려가는 시간들이
고통스럽게 바람 속을 빠져나가지 못하고 있다.
젊은 수부의 마음도 흔들리는 파도 위에 누워
사슬에 묶여 바다 위로 떠돌고
불타는 한잔의 술에 제 얼굴을 던져
타버린 숯이 되어 바다에 남는다.
아, 하오 네시의 바다엔 덫이 보인다.
시간은 덫에 걸려 있고, 시간은
덫이 되어 깨어 있는 자들의 의식을 덮친다.
바다여 파도 위에 세웠던 집을 일순 허물고
파도마다 집 없는 마음을 주어
기슭에 몸 부딪쳐 멸망하는 바다여.
모든 것은 갑자기 저물어
저녁해는 서편에 걸린다.
쉽게 끝나는 노을 한 장의 연소
누군가의 일생이 타버린 수목으로 쓰러지고
바다를 떠돌던 귀들이 빨리 닫힌다.
갈대숲 아래 어둡게 엎드린 푸른 지붕
가만히 귀기울이라. 희미한 물소리로 깨어나는
죽은 시간들의 신음소리가 들리리라.
조심하라. 지금이야말로 위험한 시간.
화강암의 굳은 이마들이 하얗게 부서지고
어디론가 사라져버린 저녁해
비명을 지르며 필사적으로 달려가는 풀들

어디선가 조용히 실패한 혁명처럼
캄캄한 곳에 버려진 지구가 운다.
죽은 시간을 퍼내던 필생의 삽이 운다.
고장난 나침판을 안고 침몰하는 선박이 운다.
폭풍처럼 위험한 시간의 어둠을 몰아와
서 있는 사물들을 캄캄하게 넘어뜨리며
아, 낡은 스크린에 비치는 지상의 마지막 불빛을
소등하고 길게 불어가는 바람이여.
무엇인가, 잠든 젊은 수부의 꿈속에서
맹렬히 자라는 풀들을 베어 넘어뜨리고
몇 세기의 고요를 몰아 오는 것은.
저녁해 사라진 어둠의 등뒤에서 나타나
벌판에 버려진 바다를
들고 알 수 없는 시간, 알 수 없는 곳으로 사라지는
결코 앞도 뒤도 보여주지 않는 저것은
무엇인가 무엇인가 무엇인가.

2부 완전주의자의 꿈

나의 詩

1

희망이
모든 가난한 사람의 빵이 아니듯
나의 시는
나의 칼이 아니다.
캄보디아나 아프리카 신생 공화국 같은 곳에서
빈혈의 아이들이 쓰러져가고 있을 때
백지의 한 귀퉁이에
얌전히 적혀 있는 나의 시는
나의 칼이 아니다.

2

내 생각의 서랍을 열면
그 어두운 구석에 숨겨져 있는
추억이라는 오래된 빵에
파랗게 피어 있는 곰팡이,
먹어서 허기를 면할 수도
갈아서 무기로 쓸 수도 없는
그것이 나의 시다.

밥

귀 떨어진 개다리소반 위에
밥 한 그릇 받아놓고 생각한다.
사람은 왜 밥을 먹는가.
살려고 먹는다면 왜 사는가.
한 그릇의 더운밥을 얻기 위하여
나는 몇 번이나 죄를 짓고
몇 번이나 자신을 속였는가.

밥 한 그릇의 사슬에 매달려 있는 목숨.
나는 굽히고 싶지 않은 머리를 조아리고
마음에 없는 말을 지껄이고
가고 싶지 않은 곳에 발을 들여놓고
잡고 싶지 않은 손을 잡고
정작 해야 할 말을 숨겼으며
가고 싶은 곳을 가지 못했으며
잡고 싶은 손을 잡지 못했다.

나는 왜 밥을 먹는가, 오늘
다시 생각하며 내가 마땅히
지켰어야 할 약속과 내가 마땅히
했어야 할 양심의 말들을
파기하고 또는 목구멍 속에 가두고
그 대가로 받았던 몇 번의 끼니에 대하여
부끄러워한다. 밥 한 그릇 앞에 놓고, 아아

나는 가룟 유다가 되지 않기 위하여
기도한다. 밥 한 그릇에
나를 팔지 않기 위하여.

등(燈)에 부침

1

누이여, 오늘은 온종일 바람이 불고
사람이 그리운 나는 짐승처럼 사납게 울고 싶었다.
벌써 빈 마당엔 낙엽이 쌓이고
빗발들은 가랑잎 위를 건너 뛰어다니고
나는 머리칼이 젖은 채
밤늦게까지 편지를 썼다.
자정 지나 빗발은 흰 눈송이로 변하여
나방이처럼 소리 없는 아우성으로
유리창에 와 흰 이마를 부딪치곤 했다.
나는 편지를 마저 쓰지 못하고
책상 위에 엎드려 혼자 울었다.

2

눈물 글썽이는 누이여
쓸쓸한 저녁이면 등을 켜자.

저 고운 불의 모세관 일제히 터져
차고 매끄러운 유리의 내벽에
밝고 선명하게 번져나가는 선혈의 빛.

바람 비껴 불 때마다
흔들리던 숲도 눈보라 속에 지워져가고,
조용히 등의 심지를 돋우면

밤의 깊은 어둠 한곳을 하얗게 밝히며
홀로 근심 없이 타오르는 신뢰의 하얀 불꽃.

등이 하나의 우주를 밝히고 있을 때
어둠은 또하나의 우주를 덮고 있다.

슬퍼 말아라, 나의 누이여.
많은 소유는 근심을 더하고
늘 배부른 자는 남의 아픔을 모르는 법,
어디 있는가, 가난한 나의 누이여.
등은 헐벗고 굶주린 자의 자유,
등 밑에서 신뢰는 따뜻하고 마음은 넉넉한 법,
돌아와 쓸쓸한 저녁이면 등을 켜자.

폐허주의자의 꿈

1

술 취한 저녁마다
몰래 춘화(春畵)를 보듯 세상을 본다.
내 감각 속에 킬킬거리며 뜬소문처럼
눈뜨는 이 세상,
명륜동 버스 정류장에서 집까지
도보로 십 분쯤 되는 거리의
모든 밝음과 어두움.
우체국과 문방구와 약국과
높은 육교와 고가(古家)의 지붕 위로
참외처럼 잘 익은 노란 달이 뜨고
보이다가 때로 안 보이는 세상.
뜨거운 머리로 부딪치는
없는 벽, 혹은 있는 고통의 형상.
깨진 머리에서 물이 흐르고
나는 괴롭고, 그것은 진실이다.

2

날이 어둡다.
구름에 갇힌 해, 겨울비가 뿌리고
웅크려 잠든 누이여.
불빛에 비켜서 있는 어둠의 일부,
희망의 감옥 속을 빠져나오는 연기의 일부,
그 사이에 풍경으로 피어 있던

너는 어둡게 어둡게 미쳐가고
참혹해라, 어두운 날 네가 품었던 희망.
문득 녹슨 면도날로 동맥을 긋고
붉은 꽃 피는 손목 들어 보였을 때, 나는
네가 키우는 괴로움은 보지 못하고
그걸 가린 환한 웃음만 보았지.
너는 아름다운 미혼,
네 입가에서 조용히 지워지는 미소.
열리지 않는 자물쇠에서 발견하는
生의 침묵의 한 부분, 갑자기 침묵하는 이 세상
비가 뿌리고, 비 젖어 붉은 녹물
땀처럼 흘리고 서 있는 이 세상
가다가 돌아서서 바라봐도 아름답다.

3

무너진 것은
무너지지 않은 것의 꿈인가?
어둠은 산비탈의 아파트 불빛들을
완벽하게 껴안음으로 어둠다워진다.
살아 떠도는 내 몸 어느 구석인가
몇 번의 투약에도 불구하고
아직도 살아서 꿈틀거리는
희망이라는 이름의 몇 마리 기생충,
그것이 나를 더욱 나답게 하는 것인가?

효용가치를 상실하고 구석에 팽개쳐져
녹슬고 있는 기계, 이 세상에 꿈은 있는가?
녹물 흘러내린 좁은 땅바닥에
신기하게도 돋고 있는 초록의 풀을
폐기 처분된 기계의 꿈이라고 할 수 있는가?

둘이, 혹은 여럿이 동행할 때 그중 한 사람의 괴로움은 누구의 것?

—나사렛 예수를 위하여

밤한시에서밤세시를바라보면캄캄하다
밤세시에서지나간밤한시를바라봐도캄캄하다
이성(城)으로이사오고부터늦게까지깨어있지않으면안되었다
밤늦게아주쬐금물을쏟는인색한수도꼭지를바라보며나는
칸딘스키의번역서를읽는다언덕바지에있는
예루살렘은잠들었다고한다예수가혼자기도를끝내고침통하게
자리에돌아왔을때깨어있으라그렇게간곡히일렀건만
제자들은세상만사다잊고코골며자고있다날밝아
내일이면체포되고가시면류관쓰고형틀에박혀
죽을텐데그들은모른다나의큰괴로움을아내는
모른다하루종일아이뒤치다꺼리에시달리고
빨래더미속에서하루해를보내고파김치처럼쓰러져
잠든아내는모른다내가깨어있기위하여자꾸
내려감기는눈꺼풀을얼마나학대하는가를
어둠속에서혼자깨어있으려는안간힘의외로움을
밤한시에서밤세시를바라보면캄캄하다
밤세시에서지나간밤한시를바라봐도캄캄하다
서울에서예루살렘을바라보면캄캄하다
예루살렘에서서울을바라봐도몇개의임자없는가등뿐
서울은캄캄하다혹은어둠을짖는개몇마리만깨어있을뿐
빈거리를밤의어둠만우우몰려다닐뿐

자정의 물 받기

—자동기술에 의한 칸타타

밤마다 잠을 유보하고
자정에만 나오는 수돗물을 받는다.
쉰 목소리로 기침을 하듯
가끔 녹물 냄새 나는 물을 토해놓고
수도꼭지는 끝끝내 인색하다.

—아빠, 수돗물은 어디서 와요?
—강물을 끌어들여 소독한 거야.
—소독은 뭐 하는 거예요?
—더러운 것을 깨끗하게 하는 거지.

강물은시장이다강물은화폐개혁으로못쓰는구화폐쓰지못한에세이시체짧은꿈이다강물은불행악몽조사(弔詞)다강물은고름과피와태어나지않은딸이다강물은창녀다그녀는밤마다공장의폐수로몸단장을한다그러나더추해진다강물은호적부다주민등록증이고병적증명서다강물은밀수업자연하의애인그애인의직업길바닥의신문대소변을못가리는늙은어머니변두리의삼류여관음탕한낙서야간순찰콘돔김밥이다강물은공중변소배고픔이다서울시민들의온갖오물들을허겁지겁집어삼키는거대한위그자체다강물은배탈설사증오참았던오줌사타구니다강물은부부싸움이다강물은교회죽어서털이빠지고팅팅불은쥐비현실이다강물은고장난시계내가사랑하는사내혹은내가미워하는나자신퇴폐적인술집아물지않은상처다그

러나강물은사랑하는어머니몸이아파괴로워하는어머니
의유방우리가탐욕의입으로빨고있는빈젖꼭지다

밤늦게 나오는 수돗물을 받으며 생각한다.
물 받는 내 곁에서 웅크리고 잠든
세 살배기 아들을 먼저 잠든 어린 아내의 곁에 눕히고
다시 쫄쫄쫄 죽은 강물을 인색하게 뱉어내는
수도꼭지를 바라보며 생각한다.
눈꺼풀 위에 쌓이는 천근의 졸음을 쫓으며
생각하고, 생각하고, 다시 생각한다.
인간은 왜 사는가?
……강물을 더럽히기 위하여 산다.

애인에게

1

친구여
우리는 열려 있다. 한국인이라는
같은 색깔의 열매로.
(그럼 우린 걸어다니는 열매?)
때때로 부는 바람에
폐가 관통당하는 아픔을 느끼면서
시름없이 흔들리기도 하면서.

친구여
우리를 매달고 있는 나무는 무엇일까.
그것은 사슬인가, 아니면 사랑인가?

2

친구여
우리는 열려 있다.

어둠 속 드문드문 가등이 서 있는
공기도 친숙한 밤길을 걸으면
불 켠 창처럼 환히 보이지.
우리의 뿌리를 적시며 흐르는 깊이 모를 곳의
캄캄한 물소리가 하얗게 떠오른다.
잎사귀를 지우고
남은 열매를 지우면

보이는 우리를 매달고 있는 나무.
사슬만도 아닌 사랑만도 아닌
우리를 키우는 저 큰 비애의 뒷모습.

인분 냄새 바람에 묻어나고
황토 먼지 보얗게 일어나는
저 길을 타박타박 걸어가는……

완전주의자의 꿈

1980년 12월 31일 오후 일곱시
모든 스위치를 내리고, 석유스토브를 끄고
사무실을 나왔다. 채 끝내지 못한 교정지와
빈 책상들만 어둠 속에 남아 있을
사무실과 방금 내려온 어두운 계단들이
내 뒤에 남겨져 있는 모든 것이다.
나를 열기 위하여, 활짝 열린 문,
혹은 나를 닫기 위하여, 쾅쾅 못질하여 닫아버린 문,
나는 일 년을 살았다. 아니 일 년을 죽었다.
극장 앞에는 예수의 제자들이 표를 사러
긴 줄을 서 있다. 커피잔에 담긴 무위(無爲)와
재떨이에 눌러 꺼진 담배꽁초들과
신문 가판대 옆에 서 있는 소년을 지나서
나를 묶고, 혹은 풀어주는 이 모든 부자유
비본질을 사랑하지 못했음을 참회하며 걷는다.
날은 쉽게 어두워졌다. 밤 아홉시
나는 두 홉 소주 한 병에 발갛게 취한다.
자기에게 몰두한 사람에 취하고
혈관의 피까지 얼리는 지독한 추위에 취하고
삶이 사소함과 우연에 얽매인 것임을 깨달으며 취하고
아니다, 아니야라고 부정하며 취한다.
흐르지 않고 시간의 노예인
우리가 온갖 우연과 사소함으로 출렁이며 흐른다.
밤 열한시, 친구여 밤은 얼마나 깊었느냐.

서울 시민의 몇 퍼센트가 잠에 들었느냐.
지우리라, 이루어지지 않는 꿈과
종로 바닥의 골목들로 숨어드는 어린 여인들의
뒷모습과 만원인 호텔과 여관방들의 교합들을.
아아, 나는 왜 이렇게 낯선 이들의 어깨에
기대고 싶은 걸까. 아아, 나는 왜 이렇게
무작정 허물어지고 싶은 걸까.
눈발은 자정 근처에서 잠시 흩날리고
통행금지가 해제된 이 밤의 자유는 편안하다.
느닷없는 종소리, 제야의 종소리?
침묵에 이르는 병과 근시 안경을 버리고
나는 잠시 무엇인가를 소망하고 싶다.
서울 시민들에게 인사하고 싶다.
깊은 밤거리의 한 모퉁이를 쌩쌩이 사라져가는
저들에게 고통 주소서, 동파된 수도꼭지를 바라보며
깨어 있는 가난한 주부들과
아직 잠들지 않은 그들의 아이들과
새로 회임되는 미구의 태아들에게
고통 주소서, 그들의 잠이 달콤한 마약이 되기 위하여.
우동 국물에서 오르는 따뜻한 김과
낯선 여자와 두 번 부딪치며 걷는다.
나는 너무 취했다. 흐르는 세월, 술, 어둠에
내 혈관들은 너무 혹사당했다.
이제까지 내 생명을 지켜주신 분이시여,

나는 힘없이 붕괴하는 모래탑입니까?
이제 불 켜진 집에 돌아가게 허락해주십시오.
고통이신, 그리고 사랑이신
적막한 황혼의 하나님이여.

쇠붙이의 부식에 관한 짧은 명상

1

정신과 병동 신축공사 할 때
쓸모없이 버린 쇠붙이 하나
뒤뜰 무성한 잡초 사이에 묻혀 있다.

2

과거의 희고 단단하던 의사(意思)
끝끝내 굽히지 않던 그 강경파의
인간적인 너무나 인간적인
허물어짐. (그 무방비는 아름답다) 땅 위에
붉은 녹물을 사정(射精)하고
탈진할 대로 탈진하여
그 탈진 끝에 희미한 웃음이나 보이고
팔 할의 추억을 지우며.

3

삶은 추억이 팔 할이다.
남은 것은 이 할의 현재. (지나간 시간은
어디에도 없고, 어디에나 있다)
표면으로 나타난 변색과
심층에서 일어나는 견인력의 이완,
그것이 눈에 보이지 않는
삶의 지나간 팔 할의 내용이다.

사람은 나무 밑에서 잠들기도 한다

1

나무는 최근 고민중이다.
비축해둔 양식인 비애의 재고는 바닥이 나고
사채 이자처럼 초록의 잎사귀들만 다투어 피어난다.
땅속을 밤낮없이 더듬어 물을 찾는
뿌리의 누적된 불만도 심각하지만
이미 과중한 작업량에 지쳐
중태에 빠진 뿌리가 생기는 것이 걱정이다.
하늘에 떠 있는 나무의 잔가지들 근처,
막 피어나 바람에 살랑이는 초록의 잎사귀들은
배급되는 물이 너무 적다고 아우성이다.

2

—아, 숨이 막혀.
—잠들면 안 돼.
—힘들지 않아?
—이 어둠, 찍어 누르는 중압감,
　무서운 갈증, 피마저 마를 지경인걸.
—도대체 어디까지 가야 돼?
　아무리 더듬어도 물은 보이지 않고.
—우린 죄가 뭐야?
—흙속에 갇혀
　감히 하늘을 꿈꾼 죄?

3

잘못 살았다. 며칠을
몸부림치며 후회하던 사람이
피어난 초록 잎사귀 비애의 황홀함에 취하여
아무렇게나 쓰러져
나무 밑 투명한 햇빛 속에 잠들기도 한다.

제주에서

제주 바다여, 나는 어둡다. 너무 어둡다.
한 개의 수하물로 이 바닥까지 떠밀려와
삼류 여인숙의 일박 불편한 잠의 도중에
이 어둠은 무슨 어둠인가.
제주 해협을 미친 짐승처럼 달려와
제주 바닥 잠든 인간들의 꿈속에까지
서걱이는 모래를 뿌리고, 난폭하게
파도의 고삐마저 풀어놓는 바람이여, 바람이여.
휴전선 이남의 땅들을
일개 무숙주의자(無宿主義者)로 떠돌다가
멍청하게 잠에 빠진 사내의 뒷덜미를
난폭하게 낚아채 일으켜세우는
제주 바다여, 너는 깨닫게 하는구나.
스물여섯 해의 더러운 현실도피,
더러운 그리움으로 자신을 속인 죄의 캄캄함을,
언제까지 그렇게 가짜로 살 수는 없음을.
행려병자가 되어 들에서 잠들고
새벽 하늘 한 휘장을 찢는 제주 일출을 바라보라.
삶은 시련의 불 끝에 피는 꽃이다.
허수히 자기를 포기하지 않는 싸움이다.
자신을 무너뜨리고 넘어서서 새롭게
무명의 핏줄 끝에 자신을 만드는 싸움이다.
젖은 불꽃이여, 펄럭이며 타올라
밤의 어둠과 거친 빗줄기 사이로 떠오르는

등화관제 때의 유일한 어떤 불빛,
비추어라, 어둠 속에 무릎 꿇지 말고
일어나 빛의 탑으로 서라.
제주 바다여, 내 싸움이 끝날 때
무조건 너에게 망명하고 싶다.
만경창파 푸른 무덤 하나로 표표히 떠오르고 싶다.

다시 제주에서

문문히 살아버린 죄가 크다.
제주 바다를 암암히 덮어오는 황혼에
바쁜 마음 돌 하나로 앉혀놓고 바라보면
눈물에 씻기운 듯 새롭게 빛나는 이승,
파도 소리는 파도 소리의 끝을 밀어올리고
어둠은 어둠의 등을 밀어오는구나.
참담하다, 제주 바다여.
내 일찍 쉽게 절망하고
쉽게 희망을 품었던 과오,
가슴에 바위처럼 무겁게 들어앉았구나.
서릿발처럼 차가운 참회의 눈물,
젊은 날의 무위도식 허송세월이
어질머리로 일어나는구나.
어둠 속에 허옇게 철썩이는 파도 소리만 높고
온몸 젖어 표표히 어둠 속을 떠돌 때
아아, 얼마나 더 오래 표류할 것인가.
방황에 넋을 팔아 황사바람으로 떠도는
이 구제받을 길 없는 금치산자여.
잡을 것 없어 떨리기만 하는 손,
이 손으로 아무것도 이룰 수 없다면
애월, 외도, 화북, 조천, 위미, 중문, 서귀 따위
일개 행려병자로 떠돌다가
시립병원 연고자 없는 시체나 되리라.

부랑

오, 나는 상처받았다. 세상은
바람뿐이구나. 모래 섞인 바람 속을 걸어서
갔다. 남루한 몸뚱이에는 눈물뿐이구나.
어머니, 건너가고 싶어요. 이 어둠의 뿌리를
흰 이빨로 물어뜯어 짐승처럼
울며. 오, 저 고요한 하늘 불의 어둠 속으로
지워져가는 몇 마리의 새처럼.
길 없는 허공 위에 바람이 흩어졌다 모이고
다시 흩어져 어디론가 떠돌듯.
늦게 켜지기 시작한 저녁 불빛들
골목길에서 낮게 낮게 몸을 굽히고, 나는
자꾸 걸어내려가 낯선 항구에 닿았다.
일박의 잠자리를 얻기 위하여 떠돌 때
흐르고 흘러서 이 구석까지 밤이 왔다.

바다 풍경

1

젖은 날개들의 수천의 펄럭임이
철탑 사이에 갇혀 있다.

2

피어나는 장미, 달려가는 말들, 번쩍이는
섬광, 시간, 초록의 잎사귀들. 아, 환상의
바다, 저 푸른 등때기 위에 번쩍이는 일광을
보라. 바다, 영원히 새로 시작하며
흐르지 않는 바다를 보라. 나는
처형되어서는 안 된다. 심연으로 남아
영원히 출렁이며 있어야 한다. 내 등을
저 바다에 기대고 사멸의 시간을
건너뛰어 아, 살고 싶다.

3

나는
끝없이 사막을 건너가는
낙타가 되어 뒤돌아본다. 정오의
타오르는 햇빛 속에 원형의 탁자처럼 번쩍이는
바다를 눈동자 가득히 담는다.

4

하나의 외침이 빈약한 육체를 꿰뚫는다.

누가 나를 이 망망한 대해의 고독한 섬으로 삼았느냐?
누가 이 대지 위에 나를 조그만 막사로 세웠느냐?
내 스스로 떠나갈 수 없는 고도(孤島)가 되어
내 스스로 걷어버릴 수 없는 막사가 되어
나는 부르짖는다. 혼돈 속에서 죽음이
내 눈꺼풀을 내릴 때까지, 더이상 바다가
보이지 않을 때까지.

사랑을 위하여

1

어두운 골목에서 훔친 애인의 입술과 가슴 두근댐과
길모퉁이 돌아설 때 부딪친 바람과 뜨뜻해진 뺨과
쓰린 위 달래기 위해 들르던 약국과 떨리던 손과
문 잠긴 집과 봉투를 사던 문방구와 편지와
아직 소란한 술집들이 취기와 함께
한꺼번에 뒤집혀 엎질러지면.

아, 닫힌 너에게 가기 위하여
내 마음 분별없이 뚜껑 열려 있음이여.

2

오월 늦은 밤 네가 있는 창문만 환하고
어두운 골목길 바닥으로 발소리 죽이며
도둑놈처럼 뛰어내리는 라일락 향기.

이젠 병정놀이도 지쳤으니
머리 수그려 담벼락에 가만히 기대고
마음에 자물쇠를 하나 매달까.

텅 빈 구석에 머물러 있는
어슴푸레한 빛의 그 아름다움을.

겨울 저녁

세상은 어슴푸레하고, 이미
난롯불은 꺼져 있었다. 금치산자, 아버지는
술이 취해 빨래처럼 엎어졌고, 산등성이
밀집한 아파트에 불빛들이 빠끔하게
눈을 뜨기 시작했고, 잠든 누이는
웃고 있었다. 누이는 꿈속에서 살구꽃 그늘 아래를
거니는 걸까?

서울의 탁류처럼 꿈틀대는 지붕 위로
흰 눈발들 뛰어내리고, 아, 방황에 넋을 팔아
떠돌던 무숙주의자, 그날 나는
일찍 잠들고 싶었다, 신경안정제 몇 알을 손에 쥐고.

골목길 바닥으로 뛰어내리는 눈 몇 점,
가로등 흰 불빛으로 몰리는 눈 몇 점,
누가 떠도는 비애를 알랴, 공중의 눈송이에서
비명을 지르며 튀어나오는 허약한 사내들.

동물원 철책 안의 야수들은 외롭고,
세계는 철책, 억압, 공포, 시간, 나는
많이 취한 채로 말없이 단순하게
명료한 잠에 빠지고 싶었다.

옛 사진을 보며

1

날 저문 뒤
거리의 문들이 닫히고
혼자 우는 코흘리개 조무래기에게 길을 묻다.

인생은 엄숙하고 장엄하기보다는
오히려 쓸쓸한 쪽에 가깝다.

2

낯선 고장에서 어둑해질 때까지
상처 난 짐승처럼 혼자 취하다.

공연히 눈물나는 뚜껑 열린
내 마음 아예 편안히 엎질러놓고
색 바랜 옛날 사진들을 바라보자.

고향의 병풍 같은 뒷산이 솟고
그 산 위로 잘 닦은 놋쟁반 맑은 달 뜨고
밤늦어 그 산 내려오는 어린 동무들의
허청대는 그림자들과 떠드는 소리들을 들어라.

3

세월이여, 어둠이여
부디 날 저문 뒤엔 길을 묻지 말라.

홀로 찬 집에 누워

깊은 병 저 홀로 어두워
죽은 나무뿌리에 닿다.
사람 자취 끊긴 지 오랜 집에
아자(亞字)무늬 창살 밝히는 불빛 돋다.

일 년 내내 뜰은 빈 뜰이더니
오늘은 웬일인가, 아희들 뛰노는 소리.
까르르 까르르 웃는 것은 뉘 집 아희들인가.

오랜 잠에서 깨어나
봉창으로 내다보다.

마당엔 아무도 없다.
어둠의 깊이를 재는 잡초만 돋아 있고
허공을 스치며 가는 빗발의 하얗게 끓어오르는 울음소리뿐.

아스팔트

1

너에게도 꿈이 있느냐.
아스팔트, 죽어 있는 너에게도
숨겨놓은 희망이 있느냐.

—웅크려라, 괴로운
　시대가 온다.

2

오, 어두운 곳에서 서로 얽힌 뿌리들,
뿌리가 밀어올리는 수액을 받아
연녹색 풋풋한 잎 같은 걸
피우며 살자,
아스팔트 위에서
말없이 손잡는 우리.

죽은 자의 장사(葬事)는 죽은 자에게

무엇인가, 형체도 없이 다가와
소리 없이 다가와 거리에
돌을 쥔 손들을 떠다니게 하는 것은.
저 말없는 한 떼의 침묵
공중에 돌들 함부로 뜨게 하고,
라일락꽃 피어 햇빛과 함께 엉켜
공중에 숨가쁜 향기 흐르게 하는 그 무엇.
우리의 눈물은 최루가스 때문이 아니다.
겁먹은 우리 눈에서 피처럼 흐르는
눈물, 오, 눈물 속에
흐드러지게 녹아 피는 흰 꽃, 꽃 같은 것,
숨어서 피어나게 하시는 하나님.
사월에는 잎 피우는 나무 곁에 서서
잎 같은 걸 피우며 살고 싶었는데
무엇인가, 우리를 쓰러뜨리는 것은.
죽은 자의 장사는 죽은 자에게 맡기고
비겁하게 어두운 그늘을 밟으며 산 자들은
제 집 문구멍 같은 곳으로
몰래 사태를 훔쳐보기나 하고
아, 그렇게 비켜서서 살게 하는 그 무엇,
그 무엇의 속에도 무지개 같은
고운 꿈은 있는 걸까.

1974년 겨울

아침 아홉시에서 저녁 여덟시까지
혹은 명륜동에서 을지로 입구까지
희망 없이 깨어나 말없이 단순하게
명료한 잠에 빠질 때까지
내 구름처럼 어두운 얼굴을 하고
문 닫힌 설파다방 앞에서 돌아설 때
누가 낯설게 날 불러다오.

구석구석으로 머리를 처박고
어디론가 끝없이 이어진
비좁은 골목길을 접어들면
조그맣게 웅크린 집들의 창에서는
이른 저녁 불빛들이
황홀한 비애처럼 켜졌다.

흐린 하늘
흰 눈발 몇 점

불기 없는 방에 돌아와
말없이 밖을 바라볼 때
나는 무엇인가.
불빛에 하얗게 난타당하며
허공에 뜨는 흰 눈발?
혹은, 눈 멎은 골목 어귀

매맞은 듯 매맞은 듯
낮게 낮게 땅에 엎드리는 불빛?

가을에

내 어린 시절 어둑해지면
탱자나무 울타리 위로
가시 찔리지 않고 생채기 하나 없이
맑은 얼굴로 떠오르던 달.

이 세계
어느 구석에선가
최초의 울음을 터뜨리며
한 아이가 태어나고,

밤의 어두운 구석을 은빛으로 닦으며
흐르는 흰 달빛, 달빛.

또 가끔
잘 익은 홍옥이
툭, 떨어지는 소리가
지구의 한곳을 크게 울리고,

……바람에 흔들리며
마을의 등불은 쓸쓸히 야위어갔다.

시래깃국에 다 늦은 저녁을 먹고
제 그림자 밟고 달 아래 서면
아직 말할 수 없는 외로움 같은 것,

또는 몰래 흐르는 눈물 닦으며
혼자 건초더미 위에 몸을 눕히면
코끝을 스치는 슬픈 마른풀 냄새 같은 것,

그때 내 꿈은
얼마나 작고 단순했던가.

불에 부침

1

처음
너는 신의 입김이었다가
인간의 가장 오래된 친구였다가
이젠 우리 곁에서 꽃으로 피어났구나.

불이여,
너무 흔해진 불이여.

봄의 하늘이었다가
너의 혈관을 도는 붉은 피톨이었다가
아직 생성되지 않은 물상이었다가
누군가의 실현되지 못한 꿈이었다가

2

마침내 신의 뜨거운 입김으로 일어나
타오르는 머리를 치켜들고
하늘을 향하는 수직의 생리여.

모든 물상이
너에게서 시작되고
모든 물상이
너에게서 끝이 난다.

3

불이여.
완전주의자의 꿈이여.

꽃으로 피어나는 형상이여.

신의 저 은밀한 순금의
건축이여.

추억

성냥갑 속에는
성냥개비들이 조용히 누워 있고,
여러 날 지루하게 내리다 그친 눈 속에서
산등성이 아파트 불빛들이
빼끔하게 눈을 뜬다.

술 취한 저녁
세상은 어슴푸레해지고
발화를 두려워하는 성냥개비처럼
우울한 아이들은 잠들어 있다.

(미지를 바라봄)

저녁은 굶고
어떤 섬에서
남모르게 잠들고 싶다.

어느 날

산등성이아파트군이버티고서있는
그아랫동네에셋방을얻어곤충처럼산다
세월은위조지폐처럼돌아갔다
저녁엔심심한친구들의전화가걸려오고
종로삼가쯤에서소주를마시다보면
입은욕설로더러워지고머리는뜨거웠다
뒤에남아삼차까지진출했을친구들은
자정넘어통금의빈거리를당당하게건너
여자들을데리고술집맞은편여관으로갈것이다
허술한일박여관벽너머로
교합하는남녀들의수상한신음소리가
자그맣게아주자그맣게새나올것이다
대부분의운전수들은무사고에안심하고
골목입구구멍가게좁은방에서는
오늘도늦게까지여자들은화투를치고
애국가가흘러나오는텔레비전들의플러그는뽑히고
나는콜라한병을사들고집으로간다
살아있는장난감처럼뛰어놀던아이는
이제떨어진단추처럼잠들고
아내는고향의살구꽃그늘에서꿈꾼다
나는불을켤수있을까아주환하게
하루는말없이어둠속에묻히는데
의문은회의를낳고회의는절망을낳고

고향의 달

논산은내고향
내사랑십오년만의귀향은피곤했다
잠깐비가뿌렸다아침나절비가
뿌렸다거리에는사람들이
비닐우산을방심한표정으로들고걸었다
낯선얼굴들이숨기고있는
저표정뒤의무표정서울시민들의
혹은무표정뒤의표정에오내주체할수없는
슬픔이섞이고지푸라기가젖는다
제기랄더러운대합실의
먹다버린사과한쪽이젖는다왜
너는가는가혹은오는가
연무읍엔다방도있고다방에는
흐린물의수족관도있고교태를섞어웃는
레지도있고누군가악수를주고받고
정육점도있고길은길로연결되어
신화로삼거리로이어지고사람들은
신분을숨기고익명으로살아남아
국토위에제집하나지니고살고살기
어려워전세방에쪼그려살고아아
떠돌며안개처럼이곳에있다
또는건혀서저곳으로가도술맛은술맛
물맛은물맛변하지않고
내고향연무읍어느골목길에

나는살아있구나살아있어
공연히눈물나춰기어린붉은눈들어
밤하늘을올려다보면이따위더럽고
작은소읍에도달은밝아골목끝
하늘에달만청청히빛나

시간을 묘사하는 연습 혹은 어떤 비참했던 날의 추억

아침이라고해야겠다어둡다물을마신다벌써
너무어둡다
마음은깊고고요하다한순간으로정지되어있는저어마어마한폭풍이제
나는책상위에이마를묻고잠든다또
혼자분노에차서욕설을토해내고있는라디오날아다니는불꽃도있다굳어있는물도있다나는책상위에앉아있다책상은구름위에있다그러나
눈물은못일까시멘트바닥에떨어진조그만눈물들을주워서망치로두드려벽에박는다박힐까다섯개는무서운속도로박혀버린다서서히녹슬기시작한다마침내그것은미세한입자들로분해되어마음속의폭풍으로휘말린다웃음그치고
어떤공간이비어있다
아악
비명소리가허공에걸린다떠드는라디오
붕괴되는건물이공중에떠있다그것은우리가개새끼라고부르는욕설일수도있다그공중의일각에사납게불길이닿고있다
허공에사막이하나버려져있다내마음의사막이다정지된바람속으로돌들이눈감고
뛰어들어간다돌은누군가의
뒤통수를
찍는다경련하는

손

하나가오래오래모래위에솟아있다어두워진다돌들은다뛰어들고컵도날아가고책상도날아가고옷도날아가고길도날아가고은행도날아가고건물도날아가고도시도날아가고나라도날아가고개미도날아가고

전봇대만서있다

다시주먹들이날아가는허공에

고요한고함소리가코피를흘리고있다죽고싶었다너무

조용하다대낮은

안개, 또는 하얀 탑들이 밤마다 암호를 묻는다

너는우리에게암호를묻는다우리는모른다다만
전날의과음으로깨질듯한머리를싸매고
골목의수채구멍에얼굴을디밀뿐이다

안개가 내려. 음, 안개가, 내리는군.

우리는너를적이라고불렀다시계(視界)가득히
흔들리는형체없는적이라고너는
붉은눈에홀연히떠오르는하얀탑이다

밤마다, 안개가 내려, 길을 막는군.

너는나무를포위했다너는사람들이죽은듯이
잠든집들의지붕위에떠있다너는
가등몇점도생포했다우리는꿈속처럼젖은
얼굴로무표정하게서있는가등밑에서방뇨를한다

어디로, 가지? 도대체, 우리는?

너는감마선이다암호를묻는다나는모른다나는폭파되고싶다
다시우리는너와만난다너는하얀탑이다
우리의폐허위를통과하는짧고강렬한광휘이다너는우리의상처에비벼지는소금이다

우리는너를벗어날수없다그것은우리의자학의양식일
수도있다

우리는

안개에등을떠밀려흘러간다어디론가

집, 어둠 속에 서 있는

야간등화관제훈련속의칠흑같은어둠속에
빈혈의고가(古家)가늙은짐승처럼서있다
노쇠한무릎을세우고힘겹게버티고서있는
어둠의집구석마다켜켜로쌓여있는먼지속에
거미와지네따위의다족류벌레들이서식한다
늙은집의슬픔은무엇인가늦은밤에잠들지못하고
혼자우는늙은집천장에서의끊임없는누수여
지붕밑의틈서리마다새앙쥐들은새끼를낳는다
우리중아무도잠에취하여그집을돌아보지않을때
늙은집은이제허리가아파깊이잠들수없다
찢긴심장속에서붉은절망의꽃들이피고
꺼져가는폐환랑속에헌생애의꿈도찾아든다
무너져야할다른무엇보다도먼저무릎을꿇는
어머니인집어둠속에외로운어둠의집
느닷없는등화관제훈련해제사이렌도시의
모든집들이꿈틀거리며일어선다늙은집도
가까스로눈을뜬다빈혈의불빛이
뜰의잡초위에서서걱거린다끝없이진행되는
이붕괴의징조이무서운음모몸서리쳐도
어김없이다가오는폐허의시간마침내
그리운것들은어둠속으로서서히매몰되고
시간은너무나많은것을어둠속에감춘다

꿈

초록의풀밭위에있다

투명한유리벽속에
간힌채펄럭이는불꽃

초록풀밭은끝끝내타지않고

공기

괴로운 잠에서 깨어나
조심스럽게 톱질을 시작했다.
이미 단단한 각질을 형성하기 시작한
공기는 톱날을 완강하게 거부했다.
그러나, 그만큼 나의 집념도 단단했다.
마침내 단단한 공기의
한 모서리가 잘려나가고
발등에는 미세한 입자들이 수북하다.
그때였다. 잘린 공기의 단면에서
선혈이 솟구치기 시작한 것은.
나의 근시에도
하늘이 낭자한 선혈로
젖어가는 것이 보였다.

불행

새로이사해온곳은지대가높다
아침마다일어나보면창밖으로
겨울안개가자욱하게밀려와있곤했다
미처끄지못한가등이안개속에
띄엄띄엄부유하는물고기처럼떠있기도했다
물고기는지느러미가없다
죽은물고기처럼움직이지도못했다가등은
아침마다나는유배당했다어제의
무책임한잠때문에
아나는유형(流刑)의시간에갇힌다가등처럼
안개속에죽은정신나는
불행하다유리창에이마를대고
비어있는대학교의교정을내려다보며
나는불행하다고혼자중얼거린다

공원의 사진사

궂은 날 궂은 꿈만 꿉니다.
달고 긴 낮잠, 혹은 웅덩이에서 송사리떼 잡는 꿈.
낡은 소쿠리 틈새로 꿈은 달아납니다.
모자 차양만큼 짧은 매점 지붕 밑에서
비 맞고 있는 벤치, 또는 동상을 보아도
나는 웃을 수가 없습니다.
바람에 휘몰리는 나무, 사이사이로 드러나는 간판.
도시 안의 공원은 환각처럼 조용하고
한순간의 꽃, 한순간의 하늘과 함께
웃는 얼굴들을 사진 속에 담아주기 위하여
나는 서성입니다. 벌써 몇 년째.
오늘은 배드민턴을 치는 아이들도, 하릴없는 노인들도
손잡고 걷는 연인들도 없습니다.
빗발은 바람에 불려 허공에서 울고
나는 비를 피하기 위하여 매점 지붕 밑에 서서
갈 수 없습니다, 어머니, 어두운 고향을
나는 갈 수 없고, 궂은 날은
불 아직 켜지지 않은 저녁의 고향집을
불쑥 찾아가는 궂은 꿈만 꿉니다.

거리에서, 나는, 보고 싶다, 무엇을?

나는/산소가필요한사람이다/걸레처럼더럽게지쳐서/길을걸으며/더러운폐수속에서고개내밀고떠있는/빈깡통을보았다/풀밭이보고싶다/비에씻긴맑은하늘아래/융단처럼깔린넓은풀밭을지나가는/바람이보고싶다/나는/아스팔트길위에있다/나는/자동차의소음속에둥둥떠다닌다/세상은/단단하고/세상은/시끄럽다/누가내발을무심히밟고지나간다/누가나를쓰러뜨릴듯이떠밀며/내앞을지나간다/나는/너무가볍고/나는/걸음이너무늦다/저녁이오고불몇점이눈에띈다/춥다/포장마차집에들러추억한잔을마신다/햇빛한잔을마신다/산소한잔을마신다/취할때까지마시고/비틀거리며/돌아온다/나는병들어있다아무래도/나는/산소가필요한사람이다

겨울, 뛰어내린다, 우리는, 어디로?

성냥개비/하나마다세상이하나씩/잠들어있다/어둠속에서/언손을녹이며켜든/성냥개비/하나가/한순간세상을밝힌다/밤눈몇송이/눈을/떠/가볍게공중으로뛰어내리고뛰어내리고/끝끝내/발바닥은보여주지않는다/마침내/불이꺼진다/어디선가/병이깊어열은잠자다깬어린아이울음소리/몇송이/허공을떠도는밤눈속에섞여/어두운땅으로뛰어내린다내린다뛰어우리는

폐쇄된 해안으로 달려간 아이들은?

그때나는엎드려있었어라디오는다급하게태풍경보를
예보하고탁자의유리컵에는
찬물이담겨있었어
바람이나무몇그루를부러뜨리고마침내전해안은폐쇄
되었어조심해
북상하는태풍폴리의중심부에초속삼십미터의강풍이
흐느끼고있어성냥개비처럼
조그만아이들은?
폐쇄된해안으로달려간아이들은?
젖지않았을까성급했어바보같은녀석들지금비바람무
섭게휘몰아가고죽은물고기처럼
허옇게뒤집히는바다새벽한시
라디오는혼자떠들어변덕스러운
날씨에는목숨도위태로운법몸을
적시며간다는것은
어리석은짓일뿐이야어리석은짓
짓그러나
날은이미어둡고어두워진혈관의피들은
지쳐떨어져잠에빠지고아주깊이빠지고
나는마른종이처럼구겨진채서서히시들어가나봐
일어나라디오를
껐어하오두시의조용한햇살이창을넘어
시든꽃꽃힌화병위에잠시머물다가고
젖은아이는젖은아이나는잠들고싶어

거지

나는 못 가리라, 거지야
이미 문은 닫혔다.
거지야 너는 어디에 있는가
누더기로 떠도는 거지야
지하도 구석에서 잠든 거지야
골목골목 돌고 돌아도 배고픈 거지야
너는 어디에 있는가, 거지야
나는 못 가리라,
문밖에 바람은 거세고
양철지붕마저 날릴 듯 사납고
못 가리라, 거지야
어린 꿈을 생매장한 거지야
새벽길 걸어가 만나고 싶다.
오, 저주스러운 관절염
궂은 날마다 궂은 꿈꾸며
너를 만나 거지가 되고 싶다.
거지가 되어 걸어가고 싶다.
발바닥 터져 쓰라릴 때까지
절름대며 가다가 거꾸러질 때까지.

안개

안개가내리는군또밤이야
가도가도밤안개가내리는
밤마다우리는거리에있었어
가로등몇점이하염없이젖고
길은있어갈곳이없을뿐
어디로가지?우리는
어리석었어붉은눈자위에
흔들리는안개또는길의흔들림
사람들은죽은듯이잠들고
우리는비겁했어너무쉽게
타협하고편안해지려고했어
창백한병객으로누워서
밤을도와올그이를기다리자빈거리엔
밤마다안개가길을막는군
죽어있는앞산도안보여우리는
무엇인가결국안개에갇혀있는?

안개는감옥우리는포로?
안개의사슬에끌려가는우리?

말에 관한 새로운 조서(調書)

요새이상한말들이들려
허공에떠다니는(돌멩이!)말들을조심해
탁한한강물위로흰배뒤집고뜨는물고기들이
죽기전에내뱉은그무엇
뿌리없이떠도는말들을조심해
봉천동김씨(어처구니없이!)멀쩡한대낮에
종로바닥에서근거없이떠돌던
각목형상의말에뒤통수를얻어맞고실신
조심해조심해요새떠도는말들은
독을품고살의를숨기고있어
공기도조심해서울상공은오염되었어
떠도는말들이배설한유독성가스
그래서한두시간시내를나왔다들어가면
머리가아픈가봐깨질듯이
조심해요새말들은칼보다위험해
떠도는말을조심하고심중의말은숨겨

문학동네포에지 050

햇빛사냥

초판 인쇄 2022년 7월 1일
초판 발행 2022년 7월 7일

지은이 — 장석주
책임편집 — 김동휘
편집 — 김민정 유성원 송원경 김필균
표지 디자인 — 이기준 이현정
본문 디자인 — 이주영
마케팅 — 정민호 이숙재 김도윤 한민아 정진아 우상욱 정유선
브랜딩 — 함유지 함근아 김희숙 안나연 박민재 박진희 정승민
제작 — 강신은 김동욱 임현식
제작처 — 영신사

펴낸곳 — (주)문학동네
펴낸이 — 김소영
출판등록 — 1993년 10월 22일 제2003-000045호
주소 — 10881 경기도 파주시 회동길 210
전자우편 — editor@munhak.com
대표전화 — 031-955-8888 / 팩스 — 031-955-8855
문의전화 — 031-955-2696(마케팅), 031-955-8875(편집)
문학동네카페 — http://cafe.naver.com/mhdn
인스타그램 — @munhakdongne / 트위터 — @munhakdongne
북클럽문학동네 — http://bookclubmunhak.com

ISBN 978-89-546-8749-2 03810

www.munhak.com

문학동네